BENX

Nic Balthazar

BENX

Roman

Mijade

Troisième édition mai 2014

Rue de l'Ouvrage, 18
B-5000 Namur

Titre original : *Niets was alles wat hij zei*

Traduit du néerlandais par Benoît Hornyak.

Couverture : Guy Servais.

D/2008/3712/38
ISBN 978-2-915394-66-5

Imprimé en Belgique

1

Treize réverbères à gauche. Traverser un passage pour piétons de huit bandes. Quinze réverbères à droite. Traverser un passage pour piétons de sept bandes. Seize réverbères à droite. L'arrêt de bus. Depuis qu'il savait compter, il comptait tout. Cela remontait à sa plus tendre enfance. Depuis qu'il était bébé, il avait gravé dans son esprit des itinéraires bien définis qu'il s'efforçait de respecter obstinément, même s'il ne se déplaçait alors qu'à quatre pattes. Changer de chemin, c'était l'incertitude et l'incertitude, c'était l'angoisse.

Le bus passait tous les jours à 7 h 27. On pouvait compter dessus. C'était sûr. C'était bon. Après, c'était la guerre. Après, c'était essayer de survivre. Chaque jour. Car les règles du jeu changeaient chaque jour.

Prenez sa place dans le bus par exemple, derrière ces portes mécaniques qui le fascinaient depuis son enfance. Qui pouvait lui garantir que personne ne s'y fût assis avant lui ?

Un ado boutonneux pouvait très bien s'être affalé dessus ou, pire, un quelconque boudin y avait peut-être même étalé ses grosses fesses ! La seule protection dont il disposait, c'était son baladeur. Il le mettait à fond et il fermait les yeux. Il se laissait ballotter par les zigzags du bus, comme il se faisait ballotter dans la vie par ce qui l'entourait.

Se faire petit. Invisible. Pas si simple pour un garçon d'un mètre quatre-vingt-treize aux cheveux noirs comme le jais et à la peau si pâle qu'elle aurait fait rougir une feuille de papier. C'était inévitable. Plus il essayait de passer inaperçu, plus les autres le fixaient, comme une vieille dame qui vient de se faire écraser sur la route.

Le baladeur sur *Repeat*. Mélopée divine qui résonne dans les oreilles et la tête. Aucune statue n'était assez grande pour saluer l'homme qui avait inventé cette musique. Une musique à la fois variée et constante. La basse était une colonne vertébrale à laquelle son corps était suspendu. Le beat faisait battre son cœur. Tous les jours, il introduisait le même cd dans son lecteur, comme un tireur d'élite qui insère une balle en or dans le chargeur de son arme. Les yeux fermés. C'était son point de repère dans la vie. Il comptait chaque battement, anticipait le moindre changement de rythme, connaissait tous les breaks.

Mais il fallait bien revenir à la réalité. Ce matin-là, il n'y aurait pas d'exception. La musique disparut. Il écarquilla les yeux. Ils étaient là. Hilares, ils tenaient en main le fil de son baladeur qu'ils venaient d'arracher d'un coup sec.

– *Hello hello. Whitney Houston, we've got a problem. Come in, Benny. Come in, Benny-Bunny. Do you read me ?* [1]

Ben ne dit rien. Le silence était sa seule réponse. Il avait l'habitude. Il n'essaya même pas de se défendre lorsqu'ils tirèrent avec hargne sur le fil de son casque qui était enroulé autour de son cou pour lui faire baisser la tête.

– La branlette, ça rend sourd ! C'est pour ça que tu mets toujours le son aussi fort ?

– C'est pas bon pour la santé, Ben, mon pote, poursuivit le second sur le ton horripilant d'un curé apathique. Ce n'est pas sain… tu n'as pas l'air très sain, mon vieux.

Il s'entraînait plusieurs heures chaque jour à son jeu vidéo favori : *Lethal Assault.* Chaque fois qu'il faisait éclater une cervelle avec son poing en acier, il pensait à ces deux connards : Urbain et Dequenne. Il avait donné un nom à ses deux démons : Machodius et Ratzo. C'étaient les noms des deux monstres les plus répugnants de son jeu vidéo favori. Le premier était non seulement un enculé de la pire espèce

1. Allo Allo ! Whitney Houston, on a un problème. Reviens, Benny. Reviens, Benny-Lapin. Dis, tu me reçois ?

mais en plus cette connasse de Dame Nature l'avait doté d'épaules de viking et d'un thorax de cyborg. Était-ce la vacuité de ce visage si parfait qui faisait pourtant craquer les filles les plus douces ?

Dans la jungle, le chacal n'est jamais très loin du fauve. Et le chacal, c'était le second. Il était tranchant comme une griffe. Gris comme un rat. Sa langue était plus acérée que son nez, son sens de l'humour plus noir que ses vêtements.

– Eh bien Ben, mon garçon, poursuivit-il sur le ton de quelqu'un qui prêche. Pourquoi tu ne veux pas devenir notre ami ?

Puis, en tirant sur le fil qui était enroulé autour du cou de sa victime, il dit :

– Qu'est ce qui ne va pas mon garçon ?

« Qu'est ce qui ne va pas mon garçon ? » C'était comme ça que sa mère lui disait au revoir tous les matins lorsqu'il partait à l'école. Chaque fois qu'elle lui posait cette question, il grommelait invariablement la même chose : « Rien, maman. Rien… » Rien n'allait, bien évidemment. Mais que pouvait-il dire ? Que quelqu'un devait mourir ? Qu'il avait l'intention de tuer quelqu'un ?

Il aurait tout de suite été obligé de dire qui. Et pourquoi. Et son choix l'avait rebuté. Tout le rebutait. Et dans rebuter, il y avait *buter*.

2

Non mais quel culot. Comment osaient-ils se plaindre de la semaine des trente-quatre heures devant les caméras de télévision ? Alors que les étudiants étaient tous obligés de se tourner les pouces huit heures par jour à l'école sur des bancs durs comme du béton ! Sans compter les heures passées à se plier aux caprices des professeurs : devoirs, rédactions, interrogations et autres lectures obligatoires… au total, on dépassait largement la semaine des cinquante heures. « La jeunesse, c'est la plus belle période de la vie », osaient-ils dire ! Voilà où notre jeunesse s'en allait. Dans des classes laides et tristes, en compagnie de rustres mal fagotés qui essayaient, avec un manque d'enthousiasme bien compréhensible, de nous inculquer le théorème de Pythagore et un nombre incalculable de conneries que l'on s'empresserait d'oublier dès que l'on aurait en mains ce bout de papier insignifiant qui allait nous permettre de « bien partir dans la vie ». Alors qu'en réalité, une bonne partie de notre existence venait d'être réduite en bouillie par des mains expertes.

Non, Ben n'aimait pas aller à l'école mais son dégoût trouvait ses racines ailleurs. La vraie raison de cette aversion, c'était l'insécurité. Il n'était en sécurité nulle part. Il risquait à tout moment de ramasser une boulette en papier dans le visage ou une pointe de compas dans le dos. Il essuyait au moins une attaque par jour. Le pire, c'est quand un professeur essayait de prendre sa défense. Ces derniers temps, il y en avait justement un. Un de ces preux chevaliers qui n'arrivait pas à fermer les yeux comme les autres.

– Laissez-le tranquille, s'il vous plaît ! Ben est un peu différent. Essayez de respecter la différence.

Une condamnation à mort aurait été plus douce. À la fin de l'heure, tandis que le courageux professeur sortait de la classe en roulant des mécaniques, fier de sa bonne action, Ben savait que l'Idiot et Stitch, comme il les appelait aussi, allaient à nouveau se régaler.

Comme d'habitude, ils s'en prirent à lui. Avec leur visage d'enfants de chœur impassibles :

– Hé ! Ben ! Désolé ! Je ne savais pas moi, que t'étais différent… Que t'étais mieux que nous. Mais je te respecte, tu sais. En fait, t'y peux rien si t'es un Martien. Les éclats de rire qui suivirent lui firent le même effet que le sifflement glacial des balles sur un peloton d'exécution. Pour ses deux bourreaux, ce n'était ni plus ni moins qu'une mise en bouche.

– Dis, c'est vrai que les Martiens ont deux zobs ? Allez montre-les nous !

Urbain se mit derrière Ben pour lui maintenir les bras. L'assemblée s'esclaffa une nouvelle fois lorsque Dequenne tira sur la ceinture du pantalon de Ben.

– *You want fuckie fuckie*, le Martien ? Ou *you want suckie suckie ?* [2]

Seuls les garçons riaient.

Les yeux de Ben cherchaient désespérément de l'aide mais il n'y avait personne, comme d'habitude. Même Coppola, le seul mec de sa classe qui, dans un moment d'inattention, avait prétendu être son ami, détourna le regard. Il s'estimait sans doute heureux de ne pas être la victime cette fois-ci. Il était en train de farfouiller dans son cartable duquel il sortit finalement un objet. Il resta toutefois à l'écart et suivit les événements de loin.

Ben se démenait comme un beau diable. Il ruait dans les brancards comme un porc qui se rend compte qu'on le conduit à l'abattoir. Le rat ramassa un gros coup de genou dans le nez mais la douleur fulgurante qui l'envahit ne le calma pas. Ratzo passa à la vitesse supérieure avec la férocité d'un chacal qui met une gazelle en lambeaux. Il avait la rage au ventre. Le pantalon de Ben craqua et tomba à ses pieds avec son caleçon américain. La victoire était totale.

2. Tu veux baiser, le Martien ? Ou tu veux te faire sucer ?

– Ah ah !

– Une aussi grande perche qui a une aussi petite mèche !

– Hé ! Le Martien, ce n'est pas deux zobs que tu as, c'est un demi ! Ah ah ah !

Les filles, quelque peu gênées, détournèrent le regard. Apparemment, personne n'avait cru qu'ils allaient le faire. Dès qu'ils le relâchèrent, Ben remonta son pantalon (les yeux fermés, c'était plus fort que lui) et il y eut un silence d'enterrement. Puis la sonnette retentit, comme dans un match de boxe.

Il fallait que quelqu'un tombe, une bonne fois pour toutes, comme dans un match de boxe.

3

Le premier escalier comptait treize marches. Le second dix-sept. Le troisième escalier était constitué de onze marches. Après, il était en sécurité. C'est dans le grenier que se trouvait tout son univers. Il avait commencé la construction de sa ville miniature à l'âge de onze ans. C'est ici que reposait sa collection d'avions et tous les vaisseaux spatiaux qu'il avait assemblés. Son train électrique aussi qui, au fil des ans, avait atteint une telle ampleur qu'il aurait pu concurrencer le chemin de fer national, à la seule différence que le sien était toujours à l'heure.

Au milieu de la pièce trônait un autel flamboyant : l'ordinateur qui avait fait de lui le maître du monde. La formule magique s'appelait ADSL et le pays des merveilles Internet. Sa mère lui avait offert l'ordinateur et la connexion ADSL avec la pension alimentaire de son père. Pension alimentaire, cela faisait penser à alimentation artificielle. On n'était peut-être pas loin de la réalité.

Grâce à ce monde virtuel, cet univers imaginaire, il était enfin devenu un homme. Ou plutôt une sorte de super-héros qui parcourait en un rien de temps des continents inexplorés et des mondes inconnus. En un seul clic, il pouvait passer du site de la CIA à un site de hardcore, de n'importe quel *www* à tous les *.com* possibles et imaginables. Il pouvait visiter des lieux où tant de gens s'étaient déjà rendus. Il avait vu des milliers de femmes le faire. Il avait visité des millions de sites pornographiques, bien que leur contenu fût souvent le même. Il s'était plongé dans l'atmosphère des pom-pom girls américaines et des écolières japonaises. Il avait couché avec des mères de famille mûres, des infirmières noires et de plantureuses serveuses suédoises. Pas mal pour un parfait puceau, pensait-il. Une succession interminable de seins, de phallus et d'orifices béants. En réalité, tout cela le laissait plus ou moins indifférent. Il avait cependant commencé à collectionner les images dans sa tête, comme tant d'autres choses d'ailleurs. Des corps nus. On lui avait expliqué à quel point cela pouvait, non, devait l'exciter. Depuis lors, il était devenu un collectionneur. Sauf que les dauphins, par exemple, le passionnaient tout autant que cet amoncellement infini de chair humaine luisante.

Mais sa plus grande découverte fut le chat. C'était un espace où il pouvait parler sans ouvrir la bouche, un espace où, pour la première fois dans sa vie, il était parvenu à établir un contact. Un contact avec des gens qui, comme lui, se réfugiaient tous les soirs derrière leur clavier pour dire l'indicible. Il aimait cette chambre noire et virtuelle où personne ne pouvait le voir. Où les gens venaient et partaient pour échanger tout et n'importe quoi. Du secret le plus intime à la plus profonde des inepties.

Oui, il y avait énormément de conneries. La grande majorité de ce qu'il pouvait lire consistait en un ramassis de débilités, de « Hello ! », de « Comment vas-tu ? », de « Salut ! » et de « Ciao ! »,… Une vaste benne à ordures où s'amoncelaient toutes les banalités dont les gens se mitraillaient dans le monde réel. Sans jamais toucher le cœur d'autrui. En touchant tous les jours le fond. Pourtant, dans ce flux incessant de blagues idiotes, d'échanges débilitants et dénués de sens, de déclarations d'amour stupides qui se limitaient dans leur écrasante majorité à :

< Bob, I LOVE YOU >

Quelqu'un cliqua un jour sur son nom et lui dit :

< Hé Zorro, on peut avoir une conversation privée ? >

Zorro, c'était un pseudonyme stupide, il le savait, mais une légère touche de mystère dans un pseudo, cela avait de l'importance. Avec un pseudo comme Rudy, il pouvait toujours courir pour rencontrer quelqu'un. Et il s'identifiait plutôt bien à ce personnage masqué et vêtu d'une cape noire, dont personne ne connaissait l'identité.

Même avec un déguisement, c'était toujours difficile au début. Il ne savait jamais comment alimenter la conversation dans un salon privé. La plupart du temps, ses interlocuteurs tournaient les talons dès qu'ils apercevaient une rime :

< Tu me fais bâiller, bye bye >

Un jour, il avait eu droit à une réponse un peu plus spirituelle :

< Salut Zorro, mon nom, je le signe à la pointe de l'épée, d'un C qui veut dire ciao >

Heureusement, l'ambiance dans les chatrooms était souvent conviviale. Ben aimait particulièrement les rituels dans les salons de discussion. Par exemple, tout le monde se disait au moins cent fois < bonui >. Il lui avait fallu un certain temps pour comprendre que bonui signifiait en fait 'bonne nuit'. Après tout, cela ne laissait pas indifférent. Une chambre entière remplie d'inconnus qui lui disaient bonui avant qu'il n'éteigne son ordinateur et qu'il ne se mette au lit. Sa mère aussi venait lui dire bonne nuit tous les soirs. Cela faisait dix-sept ans qu'elle essayait de le serrer tendrement dans ses bras. Il avait toujours trouvé ça étrange et ennuyeux et après deux secondes, il essayait de s'arracher à cette étreinte étouffante. Pourquoi ne pouvait-elle pas simplement dire bonui comme tout le monde ?

4

Le fait que Ben soit devenu accro au chat était sans nul doute lié à sa rencontre avec Barbie. Elle avait été la première à l'aborder de façon originale. Pas comme tous ces débiles profonds qui ne pouvaient s'empêcher de commencer par < ASV ? >. Tels des chiens avides de crottes, qui s'empressent de renifler le derrière du premier animal venu. < ASV ? ASV ? >. Comment pouvait-on réduire une rencontre à quelque chose d'aussi bref et burlesque ? Un jour, il avait répondu :

< Age : 17 ans. Physique 71 >
< Sexe : en manque de >
< Ville : Mars >

La réponse avait été directe et très peu subtile :

< Suce mes couilles trou2bal. Jm po les viok. >

Barbie ne lui avait jamais demandé son ASV et lui non plus d'ailleurs. Ils s'étaient trouvés grâce à leur style d'écriture, comme des oiseaux qui se reconnaissent au timbre particulier de leurs gazouillis. Attirés par cette anomalie qu'ils semblaient partager. Depuis qu'il savait parler, seuls les poèmes d'enfant étaient restés parfaitement gravés dans sa mémoire. Il pouvait les réciter pendant des journées entières. Depuis ce temps-là, il utilisait des rimes dans presque tout ce qu'il disait ou ce qu'il écrivait. Dans la vie de tous les jours, c'était un handicap de taille car on se moquait souvent de lui. Dans le chat, la poésie remportait toutefois un certain succès. Surtout sous la forme de petits poèmes en *blind date*[3] du style :

< Ma chérie, tu es ma raison de vivre, ma seule envie >

Mais apparemment elle utilisait les rimes aussi souvent que lui, c'est-à-dire presque tout le temps. C'était comme s'il rencontrait enfin quelqu'un à l'étranger qui parle la même langue que lui. Leur première rencontre était restée gravée dans sa mémoire. Cela faisait sept mois. Il répétait sans cesse les premiers mots de leur rencontre dans sa tête, sans ouvrir la bouche, comme les poèmes de son enfance. Des dizaines, des centaines de fois d'affilée. Le message de Barbie surgissait comme un clair de lune, un phare dans les ténèbres du grenier :

3. Invitation, rendez-vous fixé à un(e) inconnu(e).

< Barbie : Qui de la poésie connaît le secret ?
Qui de ma vie sait ce qu'elle est ? >

Les réactions étaient toujours du même type :

< Allô ???????? >

Un petit comique répondit tout de suite :

< Qui de ma turlutte connaît le secret ?
Plus je l'agite, moins fort est le jet >

Un autre benêt réagit ensuite :

< Qui d'entre vous s'y connaît en bicyclette ?
Dis-moi poupée gonflable, tu sais changer une pipette ? >

Il sursauta sur sa chaise. Quatre-vingt-quinze pulsations par minute. Il portait une montre-bracelet qui indiquait le rythme cardiaque. Il y avait quelqu'un comme lui là-bas ! C'était maintenant ou jamais, il fallait que Zorro se mette en selle. Il devait répondre. Avant qu'elle ne disparaisse de ce forum et qu'elle ne s'inscrive ailleurs, dans son éternelle recherche de mots censés. Il savait de quoi il parlait. Combien de fois ne l'avait-il pas fait ? Des soirées entières, sans répit. Souvent en vain.

Dans la lumière pâle de sa lampe de bureau, il fixait son écran, immobile. Il était paralysé jusqu'aux pupilles. Lorsqu'il arriva enfin à poser les doigts sur son clavier, il eut l'impression que ces derniers cherchaient les touches eux-mêmes. Comme s'ils voulaient s'emparer de cette fille.

Si sa bouche lui avait toujours fait défaut, ses doigts avaient toujours anticipé ses pensées. Ce soir elle était là ! Zorro trouva le courage de se mettre en selle :

< Zorro : Barbie ! Regarde, ouvre les yeux et *listen to me*[4]
Moi qui connais tout de la poésie, même ses secrets
Baume insensé, jamais tu ne soulageras mes plaies
Me laisseras-tu en paix
Me laisseras-tu parler
Moi qui par ces mots me tais
Parole, je voudrais tant te retrouver >

Le rituel était plus strict que dans les bals de Versailles. C'était la fille (ou du moins celui qui se faisait passer pour telle) qui devait choisir un partenaire si elle désirait avoir une conversation privée. Ben avait toujours éprouvé un mélange d'angoisse et d'excitation à l'idée de devoir se décider sur le seul nom d'un inconnu (et inversement) pour l'inviter à

4. Écoute-moi.

le (ou la) rejoindre dans une salle de conversation. La netiquette[5] interdisait aux membres d'un chatroom de se ruer comme un animal en rut sur le premier venu. Il fallait demander la permission préalablement. La plupart des internautes s'y prenaient avec un manque flagrant de savoir-faire mais Barbie, elle, avait un don. Cela lui faisait chaud au cœur :

< Barbie : Zorro
Je voulais t'en toucher un mot
JF recherche héros.
Pr partager 1 salon privé
Et plus si affinités
Puis-je vous y inviter ?
Le port du masque est toléré
Quant au reste
Rien ne nous oblige à le garder >

Son émotion n'aurait pas été plus forte si ceci était le monde réel et si une superbe blonde (pouvait-il en être autrement avec un tel nom ?) l'avait entraîné dans ces termes à l'intérieur d'une chambre d'hôtel. Son excitation n'aurait pas été plus grande si une jeune femme sensuelle l'avait attendu sur un lit à moitié nue. Comme un as de la gâchette qui se prépare avant un duel, il embrassa son doigt avant de cliquer sur le nom de la fille. Ceci n'était pourtant qu'un bête lien hypertexte, froid et sans âme.

5. Néologisme. Contraction de « Net » et « étiquette ». Il s'agit de la charte des usages des utilisateurs du Net.

Mais pour Ben, c'était comme poser sa main sur la poignée d'un boudoir mystérieux. La fenêtre s'ouvrit. Le texte suivant apparut :

< Eh bien Zorro, tu n'es pas très rapide pour un héros ! >

Ils avaient ensuite chatté jusqu'à une heure et demi du matin. Ils ne s'étaient arrêtés qu'après avoir fait le tour de tous les mots du dictionnaire qui pouvaient rimer. Il avait même trouvé, non sans mal, une jolie rime avec le mot gourmandise :

< Telle une gourmandise, l'amour me grise >

Et ce soir, comme tous les soirs, ses genoux se mirent à flageoler et il ressentit une sorte de vertige lorsqu'il vit le nom de Barbie subitement apparaître sur le site. Comme une formule magique.

5

Qui était-elle ? Quel âge avait-elle ? Était-elle belle ? La seule chose qu'il savait, c'est qu'elle avait le sens de l'humour. Et qu'elle aimait les grossièretés. Des insanités qu'on n'imaginerait jamais pouvoir sortir de la bouche d'une fille. Mais peut-être que Barbie n'était pas une fille. Elle n'était peut-être ni plus ni moins qu'un plombier septuagénaire à la retraite. Il était impossible de savoir. L'important, c'est que, ce soir, elle était la seule à pouvoir dessiner un sourire sur le masque de mélancolie de Ben.

< Barbie : salut, héros de mon cul
Mon bel étalon a-t-il vécu ?
Le canasson n'est plus !
As-tu laissé ton inspiration au placard
Ou attendais-tu de me voir
Pour ôter ton masque ce soir ? >

Fidèle à son habitude, il se balançait sur sa chaise de bureau comme un enragé. Ni son cerveau ni ses mains ne voulaient démarrer.

Il avait l'impression de devoir sauter dans une piscine vide du haut de la planche la plus élevée. Ses doigts se ruèrent alors sur les touches. Et avec une sorte d'étonnement, il lut la marée lyrique qu'ils étaient en train de former :

< Zorro : ton héros est mort, mort crevé
Épée cassée, destrier en fuite, cerveau grillé
Un animal boiteux, une bite molle
Une âme devenue folle

Je suis un héros sans exploit
Un phallus sans sperme
Un virus sans germe

N'étais déjà pas sain d'esprit.
Suis complètement détruit.
Peut-être ont-ils raison
De dire que je suis con >

Ils étaient enfin venus ! Ces mots qui ne voulaient pas être prononcés, ces pensées qui étaient figées dans son âme. Alors que ses doigts allaient évoquer son plan, mus par une irrésistible envie de tout dévoiler, de tout dire, Barbie les coupa dans leur élan. Elle avait en tête une autre idée :

< Barbie : Zorro, tu me les casses
Regarde-toi dans la glace
Et cesse de geindre
Et de te plaindre tel un mendiant

Viens donc me rejoindre
Sous les draps je t'attends >

Zorro était presque tombé de son cheval. Il se balançait sur sa chaise comme un fou. Cette fois-ci, il ne trouva pas de réponse. Encore moins une rime.

< Barbie : Et alors ? ? ?
C'est indécent, je le sais
Un langage si grossier
À une jeune fille ne sied
T'attendre, pourtant, je saurai
Dans mon lit étendue
Mille et une nuits et nue >

Apparemment elle avait vraiment pris son pied.

< Maintenant tu le sais, je suis contente
Je suis prête, je suis brûlante
Mes deux seins sont à ta disposition
Et j'ai entre les jambes une collation
Dont tu pourras te régaler
Aucune saveur ne peut l'égaler
Si tu veux que l'on s'accouple
Dans ce domaine je suis très souple >

Il esquissa un sourire mais un étau se resserra subitement autour de son cœur. C'était aussi ça la loi du chat. On pouvait se faire passer pour n'importe qui et dire n'importe quoi.

Comment pouvait-il savoir avec qui il était réellement en train de parler ? Comment pouvait-il être certain que derrière cette jeune anticonformiste ne se cache pas, en fait, un quelconque connard en train de se marrer derrière son ordinateur, prêt à le démasquer, ici aussi ! Qui sait ? Il avait peut-être déjà été démasqué ? C'était peut-être encore un sale coup de l'Idiot et Stitch ? Comment auraient-ils pu le trouver ici, dans le monde sûr ? Et surtout, comment auraient-ils pu imaginer un tel scénario ?

Ben savait qu'elle attendait une réponse.

Son petit frère était en train de jouer à côté de lui depuis au moins un quart d'heure avec un F-16 et un Mirage. Les deux avions étaient en plein combat et cherchaient le corps à corps. Ben ne le regardait pas. Ne remarquait même pas qu'il était là. Mais le petit avait l'habitude. Du moins presque.

6

Ils avaient parcouru treize kilomètres et étaient passés devant six pompes à essence. Ils avaient traversé trois ponts et étaient passés en dessous de cinq ponts. Ils avaient roulé à une vitesse moyenne de cinquante-trois virgule six kilomètres heure. Les yeux rivés sur le compteur, Ben n'avait même pas remarqué le regard inquiet de sa mère.

Ils étaient arrivés avec douze minutes d'avance. Lorsque le docteur avait fait irruption dans la salle d'attente, il avait dix-huit minutes de retard. Ils durent attendre trente-deux minutes supplémentaires pour que le docteur daigne ouvrir la porte de son cabinet. Un grand sourire teinté d'érudition illuminait son visage.

L'homme avait retenu deux choses : le nom de Ben et qu'il était inutile d'essayer de lui serrer la main.

– Bonjour Ben. Bonjour Madame Letriste.

Sa mère répondit sur un ton compassé :

– Lempereur, docteur.

– Pardon ?

– Madame Lempereur. Letriste, c'est le nom de mon mari. Et donc celui de Ben.

L'homme essaya de s'en tirer avec un rire puéril.

– Ah d'accord ! D'où la confusion évidemment. Vous êtes…

– Séparés, effectivement docteur. Mais cela je le savais déjà. Ce n'est pas pour cela que je vous attends depuis trois quarts d'heure.

– Non en effet, excusez-moi…, dit le docteur poussé dans ses derniers retranchements. Il enchaîna d'un ton solennel. Nous sommes ici pour Ben…

Pendant ce temps, Ben, qui réagissait généralement de cette façon dans les situations embarrassantes, avait commencé à se balancer furieusement sur sa chaise. Et comme lors de ses rencontres précédentes avec le docteur Hmm (c'est ainsi qu'il appelait son psychiatre), il n'arrivait pas à détourner son regard des poils de nez du respectable praticien. Ils étaient si abondants qu'ils sortaient en boucles de ses narines. Comment était-il possible qu'un homme qui avait étudié douze ans n'eût jamais appris à maintenir sa pilosité dans des proportions acceptables ? Ne lui avait-on jamais expliqué qu'il était vain de s'échiner à peigner trois cheveux sur un crâne chauve lorsqu'on permet à ses poils de pousser librement là où on n'est pas supposé en avoir ?

Le docteur Hmm regarda Ben d'un air rassurant. Comme d'habitude, ce dernier s'était habilement retranché derrière la visière de son inséparable casquette de base-ball. Puis le docteur regarda sa mère d'un air sérieux. Elle n'arrivait plus à cacher son inquiétude.

– Comme je le craignais, les nouvelles ne sont pas très bonnes..., dit-il gravement. Le syndrome que nous avions envisagé au début semble finalement être le seul diagnostic possible. Votre fils souffre d'autisme... Mais, dans un certain sens, cette mauvaise nouvelle en cache une bonne... En effet, le mal dont souffre Ben est en marge des troubles autistiques. C'est un cas marginal. Ben est ce que l'on pourrait appeler un autiste marginal.

Ben savait ce qu'était un marginal ou un cas à part mais un autiste marginal ? Sa mère aussi continuait à regarder l'homme d'un air tendu, son corps s'était transformé en un immense point d'interrogation prêt à exploser.

– L'autisme..., poursuivit-il sur le ton d'un professeur trop zélé, est une maladie que nous connaissons de mieux en mieux, notamment grâce à l'évolution phénoménale des scanners du cerveau.

Ben perçut une certaine excitation dans sa voix.

– Vous devez vous représenter les choses de cette façon, madame. C'est comme si nous explorions les parties obscures et inconnues du cerveau humain à bord d'un engin spatial.

Et nous nous sommes rendu compte qu'il manquait aux autistes une ou deux planètes dans ce gigantesque système solaire que l'on qualifie assez ironiquement de cervelet. À première vue, ils ont l'air tout à fait normaux. Du moins dans la plupart des cas. C'est pourquoi il est parfois extrêmement difficile de les reconnaître. Au contraire, ce sont souvent des êtres un peu surnaturels, merveilleusement beaux. Comme votre garçon. Mais leur « petit défaut », si je peux me permettre l'expression, a néanmoins de lourdes conséquences. Les autistes vivent en quelque sorte dans leur propre monde. C'est pourquoi le contact avec les autres est difficile. Ils ont du mal à s'adapter aux changements de situations qui surviennent dans le monde « réel ». Un enfant autiste peut porter ses vêtements d'hiver pendant six mois avant de bien vouloir les échanger contre des vêtements d'été. Et lorsqu'il aura finalement adopté ses vêtements d'été, il lui faudra à nouveau grelotter un hiver entier pour accepter de porter un gros manteau.

Le docteur Hmm se complaisait tellement dans les exemples parlants qu'il ne pouvait s'empêcher de ricaner. S'il n'y avait eu cette broussaille aussi peu ragoûtante, la mère de Ben lui aurait littéralement bouffé le nez.

– Très bien, docteur. Je vis quotidiennement avec un garçon comme celui que vous venez de décrire. Je sais de quoi vous parlez. Mais au nom du Ciel, qu'est-ce que vous voulez dire par un autiste marginal ?

– Hmm…, dit le docteur Hmm compréhensif. C'est ici que ça se complique. Voyez-vous, madame, on en n'est pas toujours conscient mais l'autisme est une affection très fréquente. Un enfant sur deux mille est atteint d'autisme. Mais la maladie peut se présenter sous des formes très différentes. Cela va de la forme la plus lourde, on a alors affaire à de véritables plantes humaines avec lesquelles il est quasiment impossible de communiquer, à la forme la plus légère. En effet, les autistes sont parfois des êtres très doués. Comme votre fils par exemple. C'est d'ailleurs pour cette raison qu'il a fallu si longtemps pour établir un diagnostic. Votre fils est parvenu, en parfait comédien, à imiter les gens « normaux », à se connecter sur le monde « réel ». C'est un véritable tour de prestidigitation qui lui demande certainement plus d'efforts que nous ne pourrions jamais l'imaginer. Mais il y est arrivé. Et d'une façon tout à fait exceptionnelle, vous pouvez en être contente.

Ben détourna le regard. Sa mère n'avait pas l'air contente du tout.

– Et qui plus est, à l'heure actuelle, on estime que la proportion de jeunes qui présentent ce que l'on appelle un trouble autistique, est quatre fois supérieure à ce que l'on pensait. Je vais même pousser le raisonnement un peu plus loin. Selon moi, chaque adolescent, chaque être humain a en lui une petite part d'autisme.

C'est dans cette zone intermédiaire que votre fils se trouve… notre Ben. Notre diagnostic a été très intense, nous sommes donc pratiquement certains du problème. Mais pour le reste, un autiste n'est pas l'autre et les scanners cérébraux sont impuissants face à cela. À ce stade, notre vaisseau spatial progresse dans le noir absolu, sans aucune visibilité. Le cerveau humain est d'une telle complexité que chaque réponse soulève dix nouvelles énigmes. L'autre difficulté, c'est que certains patients ont une longueur d'avance sur leur psychiatre et entendent bien la conserver.

Si seulement tu savais ! Entre-temps, Ben avait cessé de se balancer sur sa chaise. Il eut l'impression que le docteur Hmm adoptait son tic lorsque sa mère chargea pour la troisième fois. Cette fois-ci, elle passa presque au-dessus de son bureau design bon marché.

– Autisme, autiste marginal, troubles autistiques ! Tous ces termes absurdes pour me dire que vous savez de quelle maladie il souffre mais que vous ne savez pas ce que c'est exactement. Est-ce pour cela qu'il est resté si longtemps en observation ? Qu'on l'a éloigné de moi aussi longtemps ? Pour m'annoncer de manière triomphante qu'il ne lui manque qu'une ou deux planètes dans la tête ? Que mon fils n'est pas un garçon normal, juste un peu malade mais un garçon malade qui essaye désespérément d'être normal ? Je savais déjà tout ça. Mais s'il vit dans son propre monde, dites-moi, dans quel monde dois-je aller le chercher ? Car je dois le trouver, vous comprenez ça ? Je dois trouver mon fils !

– Hmm, Hmm…, fit le docteur Hmm. Votre inquiétude est normale, madame. Votre désespoir est compréhensible. Il n'est pas facile de vivre avec de tels enfants. Et pourtant. Il y a sur terre plus d'autistes que nous ne le pensons. Et toutes ces personnes sont loin d'être des débiles mentales. Certaines vivent dans leur propre monde parce qu'elles sont à peine capables de survivre dans le nôtre. Parce qu'elles ont du mal à s'y adapter. Ou ne veulent pas. Oui, c'est peut-être ça la raison…

Il se retourna vers Ben et attendit jusqu'à ce qu'il aperçoive son regard très brièvement.

– C'est peut-être tout simplement pour cela que Ben se tait… parce qu'il a trop de choses à nous raconter. Trop de choses qu'il ne peut raconter…

7

Passer devant six pompes à essence, sur trois ponts et sous cinq ponts. Ben remarqua que leur vitesse moyenne pour revenir était redescendue à moins de quarante-deux kilomètres heure. Il vit aussi que des larmes coulaient sur le visage de sa mère et qu'un petit filet pendait sous son nez. Elle parlait dans le vide. Ben aurait bien voulu entendre ce qu'elle disait mais il était préférable qu'il n'éteigne pas son baladeur ou qu'il débranche ses écouteurs.

Arrivé à la maison, il se précipita en haut pour jouer à *Lethal Assault*. Quatre parties pour commencer. Record battu quatre fois. 671, 675, 697 et, pour finir en beauté : 821. Un record jamais atteint. Pour la première fois, il était arrivé à libérer la princesse blanche de la tour sans porte. À partir de ce niveau, chaque pas comptait double mais il était beaucoup plus difficile d'avancer. Il finit par être écrasé sous le marteau de Machodius qui, rugissant de plaisir, jeta la princesse blanche sur son épaule et disparut avec elle. *Game over.*

Les sites pornographiques ne l'attiraient pas particulièrement ce soir-là. Le chat non plus. Rien d'extraordinaire pour le moment. C'est vrai qu'il était seulement quatorze heures trente. Un chatter qui se faisait appeler Sickfuck demanda à Zorro :

< Sickfuck : Ça roule ma poule ? >

Sans réfléchir, Ben répondit :

< Zorro : Pauvre tête en miettes
Me manque quelques planètes
Ai vécu trop de saisons
Vêtu des mêmes pantalons
De ma vie suis lassé
Ai envie de tirer un trait sur mon passé. >

Sickfuck termina la conversation par :

< Zorro = zigoto ! ! >

Et partit à la recherche de chatters plus loquaces.

– Ben… Ben… Bèèèn… Bèèèèhèèèn… Bèèèèèèèèèèn !

Mathias, son petit frère, entra dans sa chambre. D'habitude, il avait bien mieux à faire que d'essayer d'attirer l'attention de son drôle de grand frère mais maman avait essayé de lui dire quelque chose au sujet de son frère qui était automatique ou quelque chose comme ça. Elle aussi avait l'air bizarre, d'ailleurs. Elle regardait droit devant elle dans la cuisine, l'air complètement égarée. Le petit bonhomme voulait en avoir le cœur net.

– Bèèèèèèn. Ça veut dire quoi, automatique ? Ben, tu es automatique Ben ? »

– Ben, tu es automatique Ben ? Tu es automatique ?

Sans relever la tête, Ben répéta la question en imitant parfaitement son petit frère. Ce phénomène s'appelle « écholalie ». C'est une caractéristique de l'autisme. Le docteur Hmm s'était suffisamment attardé sur ce sujet. C'est comme s'il y avait un écho dans une pièce. Les autistes parviennent à imiter parfaitement certaines voix, en utilisant exactement la même intonation. On a rapporté certains cas de trentenaires qui réussissaient à s'exprimer avec une voix de vieillard dans un dialecte parlé à l'autre bout du pays. De quoi vous donner froid dans le dos.

Était-ce la preuve que tout cela était donc vrai ? Qu'il était vraiment un autiste, qu'il était automatique, marginal, animal, qu'il était un cas à part… ?

Ben avait toujours su avec précision ce qu'il était. À quel point il était différent. Il n'avait jamais eu besoin de mots pour désigner tout cela. En fait, il n'avait jamais eu besoin de mots pour rien. Les autres attendaient des mots mais ceux-ci sortaient tout le temps de travers. Comme les rangs d'une armée qui bat en retraite. Alors il était un étranger. L'idiot qu'il ne voulait pas être. Donc il préférait se taire. Et se faire passer pour un étranger.

Pourquoi ressentait-il autant de choses et aussi peu de choses à la fois ? Pourquoi ressentait-il toujours les mauvaises choses au mauvais moment ? Pourquoi était-il en train de répéter tout ce que son petit frère disait alors qu'il se rendait bien compte que cela effrayait terriblement le petit ? Pourquoi n'arrivait-il pas tout simplement à poser sa main sur sa tête et à lui dire : « Ce n'est rien Mathias. *Cool*. Ben a sauvé la princesse dans la prison sans porte. » Les mots étaient là mais ils restaient bloqués. Pire, il se mit à imiter son petit frère qui pleurait comme une Madeleine. Ben entendait sa propre voix comme si c'était celle d'un étranger.

– Bèèèhèèn. Bèèn.

Et lui :

– Bèèèhèèn. Bèèèn. Comme un écho malicieux. Arrête. Arrête. Arrête.

Mais il continua. Jusqu'à ce que le petit bonhomme s'enfuie sans demander son reste.

Trois parties de *Lethal Assault*. Trois mauvais résultats. Même pas vu la princesse blanche.

Trois minutes de masturbation puis séance de préparation. Au chat.

< Zorro : Hé mon vieux tu sais quoi ? Lèche ma bite et tu verras !

Nouvelles *on-line* : agression sur la route. Un homme de cinquante ans a fracassé la tête d'une jeune femme avec un cric.

« Aramsamsam Aramsamsam goodygoody goodygoody goodygoody ramsamsam. » Lorsque plus rien ne parvenait à retenir l'étau qui se resserrait autour de son diaphragme, Ben se remettait à marmonner des poèmes d'enfant. Comme une prière silencieuse. « Am Stram gram pique et pique et colégramme, bourre et bourre et ratatam, am stram gram. »

La princesse blanche, la prison sans porte. Elle avait peut-être raison. Ils devraient peut-être se rencontrer dans le monde réel.

Comme un signal de détresse en pleine mer. Comme le clairon d'une armée qui bat en retraite. Comme un message dans une bouteille, il tapa sur son clavier : Barbie@hotmail.com.

Ces mots, il ne les avait jamais prononcés. Il n'était même pas sûr de savoir ce qu'ils signifiaient.

Mon amour,

Il s'arrêta là. Envoyer. « Ce message n'a pas d'objet. Désirez-vous l'envoyer ? » lui demanda le programme de sa messagerie. Ses doigts tapèrent les lettres suivantes dans la case « Objet » : SAVE OUR SOULS ![6] Son doigt appuya sur *enter*. Le message partit aussitôt.

Ce n'était pas prévu dans le plan. Barbie ne faisait pas partie de son plan.

---

6. Sauvons nos âmes !

8

Trois minutes pour se laver les dents. Sept minutes pour prendre une douche. Il n'y avait rien de pire qu'une journée dépourvue de régularité. Tant qu'on respectait scrupuleusement le programme qu'il avait établi, tout se passait relativement bien. Le moindre écart risquait de lui faire péter les plombs. Lorsqu'il était enfant, cela allait de la crise de larmes au coup de colère.

C'est pourquoi sa mère, à l'instar d'une lionne qui marque son territoire pour protéger ses petits, avait délimité le temps. Elle avait fait cela d'une précision à faire pâlir de jalousie les ingénieurs de la NASA. Au fil du temps, les crises de panique s'étaient alors atténuées. L'angoisse avait diminué. Les crises de larmes étaient derrière lui. La colère avait reculé.

La journée commençait à six heures douze précises. Ben avait inventé un ingénieux système de minuteurs qui mettait le monde en marche dans toute sa chambre. Les trains commençaient à faire leur premier voyage. La musique montait progressivement, toujours le même CD évidemment. L'ordinateur démarrait tout seul. Première tâche de la journée : deux parties de *Lethal Assault*. Il voyait ça comme un entraînement. Un entraînement pour le guerrier solitaire qu'il était et qui devrait survivre le reste de la journée dans la jungle car le danger guettait chacun de ses pas. Ben se lavait avec le soin d'une infirmière qui désinfecte une table d'opération. Depuis qu'il avait détecté les premiers signes de barbe, il se rasait tous les matins avec une précision chirurgicale. Sa mère prenait d'ailleurs grand soin de ne pas le déranger pendant ce rituel matinal.

Sept heures moins dix. C'était l'heure du déjeuner. Avec Mathias et sa mère. Le petit babillait. Elle était (plus que jamais) soucieuse :

– Ben, mon grand. Ça ne doit pas te toucher tu sais, je veux dire… pour ce qui s'est passé hier. Autisme ou pas, pour nous ça ne change rien. Nous y ferons face. Tous ensemble. Et quoi qu'il arrive, à l'école par exemple, tu as un GSM. Alors n'hésite pas à l'utiliser. Tu m'appelles et je suis là, d'accord ?... Ben, d'accord ? D'accord ! ?

– D'accord, M'man, d'accord..., marmonna-t-il. Rien ne doit jamais me toucher.

– Avoir des sentiments et ne pas se laisser envahir par ses sentiments, ce sont deux choses différentes mon chéri. C'est évident que tu peux avoir des sentiments… pour moi par exemple, dit-elle en chuchotant.

Sortir de la maison à sept heures quart. Le bus passait tous les jours à 7 h 27. Il pouvait compter dessus. C'était sûr. C'était bon. Après, c'était la guerre. Après, c'était essayer de survivre. Chaque jour. Car les règles du jeu changeaient chaque jour.

D'ailleurs, Machodius et Ratzo étaient assis à l'arrière du bus aujourd'hui. Tout portait à croire qu'ils avaient été réprimandés, voire même punis pour les exploits dont ils s'étaient rendus coupables avant-hier en classe. Les regards hostiles qu'ils lui adressaient semblaient d'ailleurs confirmer cette hypothèse. Ben, à l'abri dans sa capsule de musique, ne s'en rendait même pas compte. Fidèle à son habitude, il se contentait d'admirer par-dessous la visière de sa casquette le mécanisme qui actionnait les portes du bus. À chaque arrêt, celles-ci pivotaient sur elles-mêmes en faisant des grands « tchhh ». Le bruit des portes se mêlait à la musique grasse et funk qui résonnait dans ses oreilles. Son long corps oscillait au rythme du bus.

Ils avaient visiblement changé de stratégie. Au moment de descendre du bus, ils arrachèrent d'un coup son casque et ils lui glissèrent à l'oreille :

– Hé, espèce de débile ! Tu ne crois pas que tu serais mieux dans un atelier protégé. Là au moins tu serais avec tes copains, les gogols ?

Sois prêt pour ce soir.

Puis, comme des esprits malins, ils disparurent. Ils avaient mené une véritable opération commando.

Vendredi, cours d'usinage. C'était le plus beau jour de la semaine pour Ben car il excellait dans cette branche. Il pouvait travailler des heures d'affilée, sans penser à enlever ses lunettes de protection. En plus, Ben s'était toujours senti à l'aise avec le professeur, un petit gros sympa. Cela était aussi sans doute dû au fait qu'ils rigolaient comme des malades au cours de Lebœuf, Bouffi comme ils l'appelaient. Bouffi était non seulement gras comme un porc mais en plus il s'exprimait dans une sorte de monolecte, un langage qu'il était le seul à parler. Pour couronner le tout, le pauvre était affligé d'un zézaiement dont il ne parvenait pas à se débarrasser.

– Parfait mon garçon, fit-il alors qu'il regardait la dernière création de Ben avec admiration. Fraiment très bien, Ze zuis fier de toi. Ze me demande bien à quoi za peut servir mais z'est zénial.

En principe, les professeurs ne jouent pas à *Lethal Assault*. S'ils le faisaient, Bouffi se serait tout de suite rendu compte qu'il s'agissait d'une *DeathCross*, pas moins. Il avait réalisé une copie parfaite de cette arme traîtresse qu'il avait trouvée dans la salle d'armes du Roi Bailog. À première vue, la croix ne ressemblait pas à une arme. Mais elle se dévissait et se transformait en une dague redoutable. Hier, il l'avait plantée dans le bas-ventre d'un monstre vert fluorescent. Le coup fatal lui avait rapporté cent cinquante points.

À midi, il avait vu Coppola dans le réfectoire. Il l'appelait ainsi parce que Coppola ne savait parler que d'une seule chose : le cinéma. Et de son réalisateur favori : Francis Ford Coppola. Et de sa caméra dont il ne se séparait jamais.

– Je les ai eus ! dit Coppola d'un air conspirateur. Je les ai eus. J'ai tout filmé hier. Tout ce qui s'est passé. C'est la preuve incontestable ! Comme le noir qui avait été tabassé par des flics aux États-Unis. Tu t'en souviens ? Ça aussi ça avait été filmé ! Et ces sales types avaient dû rendre des comptes… Ah ah !

Ses petits yeux crépitaient.

– Je les ai eus, ces crapules !

Puis il dit d'un ton grave, qui ne collait pas à son visage fluet et parsemé de taches de rousseur :

– Et je te rassure, on ne voit rien. Je veux dire… on ne voit pas ton… enfin tu sais quoi…

Soudain le GSM de Ben émit une sonnerie. Un SMS apparut à l'écran. C'était tout sauf romantique. Au moins elle était directe.

Amour de mes fesses
Demain ta princesse
Dans ta ville ramène ses nibards
RDV 14 h 26 à la gare
J'ai plein de capotes en poche
Et des idées plein la caboche

Cent pulsations par minute. Coppola regardait Ben l'air désemparé. Il ne l'avait jamais vu sourire.

9

Le cœur d'un être humain peut battre deux virgule cinq milliards de fois avant de s'éteindre définitivement. C'est ce qu'il avait lu un jour dans un magazine scientifique. Depuis, il contrôlait son rythme cardiaque de manière obsessionnelle. Il suivait son évolution sur la montre-bracelet que son père lui avait offerte pour son anniversaire. « Comme ça tu vas apprendre à maîtriser ton corps », lui avait-il expliqué. Depuis ce jour-là, il ne s'en était jamais séparé. Il suivait son rythme cardiaque avec la minutie d'une infirmière qui surveille le pouls d'un mourant. Aujourd'hui sa moyenne était de quatre-vingts battements par minute.

Il ne restait plus que deux heures de cours, une heure qui durait en réalité cinquante minutes et une de quarante-cinq minutes. Lebœuf vint à nouveau près de lui.

– Za va mon p'tit gars ? Même z'ils ne te lâzzent pas les bazkèts, tu ne dois pas leur en vouloir. Ils n'ont pas un fond mézant, tu zais. Ils n'ont rien de mieux à faire. Ne te fais zurtout pas trop de zouzis mon garçon !

Lebœuf lui fit alors une petite tape amicale sur l'épaule. Le sort de Ben était scellé. Urbain et Dequenne attendaient patiemment le moment de passer à l'attaque.

Hier ils avaient été appelés chez le directeur. Il leur avait demandé leur version des faits d'un air indifférent. Il leur avait également demandé s'ils avaient de bonnes notes et si les examens s'étaient bien passés. Ils étaient sortis de son bureau deux fois plus déterminés qu'avant.

Ben continua à forger son arme.

Dans *Lethal Assault*, la *DeathCross* avait l'apparence d'une simple croix que les croisés portaient en signe de dévotion au Christ. Ils la portaient au cou et ne s'en séparaient jamais au cas où ils seraient faits prisonniers. D'une simple rotation de la main, la croix se transformait en une lame redoutable. Pour faire sa *DeathCross*, Ben s'était servi d'un clou de trois pouces. Il l'avait trouvé dans la réserve. Cette croix d'apparence tout à fait banale cachait en réalité une pointe mortelle. Elle sortait de son fourreau tel un carnassier impitoyable et assoiffé de sang après une longue période d'hibernation.

– Eh bien, mon ami Ben, ze n'aurais zamais penzé za de toi. Que tu étais un grand catholique, dit Lebœuf en riant.

Quatre-vingt-quinze pulsations cardiaques par minute. Il n'avait pas revissé la croix et

Lebœuf était en train de la faire rouler avec admiration dans ses petites mains potelées.

La sonnerie émit un bruit particulièrement irritant. Comme si elle était pressée de savoir comment cette histoire finirait.

Le bus passait à dix-sept heures dix-sept exactement. Ben s'arrangeait toujours pour être dix minutes à l'avance. Un jour il avait raté le bus et il ne voulait plus revivre cette expérience. C'était comme s'il avait été propulsé dans un trou noir. Il fallait attendre une heure pour le bus suivant. Une heure d'angoisse. Ben savait pertinemment qu'il n'aurait pas dû prendre le bus ce soir-là. Il était tel un lapin qui, aveuglé par un projecteur, est sur le point de se faire massacrer par des chasseurs d'une lâcheté sans précédent. Changer de route aurait été suicidaire. C'était comme si une personne atteinte d'une maladie pulmonaire devait débrancher son respirateur artificiel pour faire un jogging.

Il serra la croix qui se trouvait dans sa poche intérieure. Franchir la porte de l'école. Traverser un passage pour piétons de sept bandes. Dix-sept portes d'entrée. Traverser la rue. Vingt-cinq maisons. Tourner au coin de la rue. Traverser un passage pour piétons de huit bandes. Sept maisons. L'arrêt de bus. Quatre-vingt-quinze pulsations par minute. La musique à fond. « goodygoody ramsamsam goodygoody ramsamsam. » Les étudiants se tordaient de rire à chaque fois qu'ils voyaient passer cet espèce de somnambule qui semblait être en grande conversation avec lui-même. Lui qui n'adressait jamais la parole à personne.

Dix minutes d'attente à l'arrêt de bus. Quatre-vingt-dix pulsations par minute. À cinq heures dix, il entendit le gémissement du bus au coin de la rue. L'Idiot et Stitch apparurent au même instant. Ils marchaient avec désinvolture, comme des rappeurs qui avancent sur le tapis rouge des MTV Awards.

Les freins blasphémateurs immobilisèrent le bus et, comme d'habitude, les portes s'ouvrirent en accomplissant une virevolte élégante. Ben avait observé cette manœuvre des milliers de fois. Il les comparait à un robot bienveillant qui ferait signe d'entrer à ses passagers. Ou à un vaisseau spatial qui vient recueillir son équipage sur une planète désertique.

– Sa mère vient le chercher aujourd'hui, dit Dequenne au chauffeur en retenant Ben par le bras.

Ben ne songea même pas à crier. Il dissimulait son visage derrière la visière de sa casquette pour que personne ne puisse lire la panique dans son regard. De toute façon ceux qui se rendaient compte de ce qui était en train de se tramer préféraient faire comme si de rien n'était.

Dequenne tenait le bras de Ben tordu derrière son long corps rachitique. L'élan de douleur lui fit presque perdre connaissance. Il avait raté son bus.

Il ferma ses yeux dans un voile de panique aveugle. La seule chose à laquelle il pouvait encore s'accrocher, c'était la croix qu'il cachait dans la poche intérieure de sa veste.

– *Relax, relax, be cool BennyBunny*, siffla Dequenne dans son dos.

Urbain enchaîna :

– *No panic*, mon pote. On va aller boire un petit coup ensemble, tu es d'accord ? Pour une fois dans ta vie tu vas faire quelque chose de normal. Comme les grands garçons. Tu vas voir, on va juste bavarder, échanger des idées.

– Enfin si tu en as dans ton cerveau débile, précisa la musaraigne en ricanant.

Ben pensa aux trucs de relaxation que son thérapeute lui avait enseignés avant qu'il ne quitte l'institut mais sa mémoire lui faisait défaut. Il ne ressentait qu'une seule chose, une énorme vague d'angoisse qui lui gonflait les tempes. Ces derniers temps, il réussissait à contrôler ce raz-de-marée émotionnel qui le submergeait parfois. Il savait très bien comment cela pouvait finir. L'angoisse se transformait en panique, la panique en colère, la colère en...

« Tu as un GSM, alors utilise-le ! Si tu m'appelles, j'arrive tout de suite. N'importe où, n'importe quand. C'est ta ligne de vie, mon chéri. » Il entendit la voix de sa mère quelque part dans sa tête. Elle qui avait toujours eu l'impression qu'il ne l'écoutait pas. Il glissa maladroitement la main dans sa poche et saisit son téléphone. Le numéro de sa mère était préenregistré. Il lui suffisait de déverrouiller son GSM et d'appuyer sur une seule touche. « Déverrouiller, déverrouiller », murmura-t-il dans sa tête.

– Il a un G ! s'écria Dequenne.

D'un coup rapide, il arracha l'objet des mains hésitantes de Ben.

– Hé hé, un Nokia flambant neuf…, et un nouveau modèle en plus ! Tout ça pour une plante comme toi.

– Oh mon Dieu, il va envoyer un SMS à sa maman chérie. Allez, montre-nous comment tu fais. Consulter les messages reçus. Un seul message, pauvre petit chou. Montre nous ça : DEMAIN TA PRINCESSE DANS TA VILLE RAMÈNE SES NIBARDS, RDV 14 h 26 À LA GARE.

Ses deux tortionnaires étaient morts de rire.

– Qui aurait cru ça ? Frankenstein a une petite amie ! Et elle vient demain, Benny Ben ! À deux heures trente à la gare. On sera là aussi, on ne veut pas rater ça !

Ben était raide comme une trique. Ils étaient toujours en face de l'arrêt de bus. La main de Ben s'était à nouveau glissée dans sa poche intérieure. Cette fois il leur réservait une surprise de taille.

10

Le chien de Ben fut le premier à se rendre compte que quelque chose ne tournait pas rond. « Debout » (ils n'auraient pas pu trouver de nom mieux approprié pour leur chien) était une véritable montre sur pattes. Si Ben n'ouvrait pas la porte à 17 h 49 précises, il se mettait à aboyer comme un enragé.

– Couché, Debout ! cria la mère de Ben mais, dans son for intérieur, elle aboyait autant que lui.

Elle saisit son GSM comme un shérif dégaine son colt. Chaque sonnerie lui transperçait la boîte crânienne comme la mèche d'une foreuse.

Elle vivait comme cela depuis dix-sept ans. Sur le fil du rasoir. Depuis qu'elle s'était rendu compte que leur bébé ne voulait pas parler et qu'il ne semblait pas réagir à leurs tentatives acharnées d'établir un contact. Un bébé qui semblait ne rien vouloir donner à sa mère. Tout ceci avait fait d'elle une femme triste, mais forte. Cela lui avait coûté un mariage mais pas la vie, ni l'espoir, ni l'amour qu'elle portait à son fils, même si c'était à sens unique. Irrémédiablement.

Le diagnostic final avait remis l'église au milieu du village. Certes, il n'y avait pas beaucoup d'espoir mais au moins il y avait une explication logique. Maintenant elle savait que Ben ne guérirait jamais. L'autisme était une maladie incurable. C'était dur à entendre mais c'était plus supportable comme ça. Tout irait bien si rien ne venait perturber leurs habitudes. S'il n'y avait pas de surprise. Si elle ne devait pas se servir de son téléphone. S'il décrochait et disait : « C'est rien M'man. Arrête de me casser la tête. Je suis quasi devant la porte. »

– C'est pas vrai ! Elle l'appelle même sur son GSM !

Ratzo tenait le téléphone en main, les yeux remplis de méchanceté. Il voyait en grandes lettres qui essayait de l'appeler : MAISON.

– Aïe aïe aïe ! Deux minutes de retard et maman se fait déjà plein de soucis. Allez Bugs Bunny, notre Ben, tu n'es quand même pas en si mauvaise compagnie ! Pauvre petit gamin, va…

Ben tendit la main timidement vers son GSM mais Urbain tenait l'objet derrière son dos. Alors que la sonnerie de *Mission Impossible* continuait à résonner, Dequenne se mit à chanter en chœur.

– Tom tom tom tom tom tom... C'est quand même pas de bol hein ma biche ? Tout ça maintenant, alors que tu es en si bonne compagnie avec tes potes préférés.

– C'est vrai ça, pour une fois que tu as des copains, ajouta Machodius d'une voix enjouée. Viens poulet, on va faire une petite balade ensemble.

Et, d'un air faussement amical, il remonta le bras de Ben dans son dos. La douleur qui traversa l'épaule de Ben fut si aiguë qu'elle mit ses jambes en mouvement.

– Allons fiston, laisse-toi faire, on n'est pas des salauds. Au contraire, on va même te faire un cadeau, tu vas voir.

Du coin de l'œil, Ben reconnut deux garçons qui étaient dans sa classe. Il ouvrit la bouche pour crier mais rien ne sortit.

– Yo man ! firent Machodius et Ratzo. On va un peu montrer la vraie vie au grand Ben.

– C'est de la charité ! ricana Dequenne.

Ils passèrent leur chemin en rigolant.

Entre-temps, la sonnerie avait cédé la place à sa boîte vocale. C'était la voix hésitante de Ben : « C'est… moi… Ben. Mais je… ne suis… pas là. Laissez-moi… votre message ». Sa mère avait du mal à rester calme mais elle faisait de son mieux pour ne pas montrer au petit Mathias qu'elle paniquait.

– Ben… mon chéri… fais-moi signe OK ? Nous sommes inquiets. Comme tu l'entends, Debout est debout. Où es-tu mon grand ? Appelle-moi, fais-moi signe ou… tu sais quoi ?

Je… je viens te chercher.

Elle avait prononcé cette phrase dès qu'elle lui avait traversé l'esprit. Deux secondes plus tard, elle avait pris le petit Mathias et mis Debout dans le coffre de la voiture. Elle démarra si brutalement que les pneus de la Ford Fiesta crissèrent comme dans un film policier de série B. Direction l'école.

Ben jeta rapidement un coup d'œil sur sa montre et il aperçut son rythme cardiaque. Cent vingt pulsations par minute. Ses deux bourreaux s'en rendirent compte.

– Ouaaah ! Megacool, mec ! Moi je dis ça c'est une montre ! Avec un tensiomètre et tout et tout. Non sans déc', c'est bien vrai alors que t'es un extra-terrestre ?

– Ou un robot !

– Ouhlala ! C'est possible ça ? Un pouls de cent vingt ? Faut pas t'emballer comme ça, Ben, mon pote. Ça fait six mois qu'on te le dit. C'est mauvais pour la santé, tu le vois bien.

– Voilà ! On va s'asseoir ici dans le parc, c'est bon pour la relaxation. Et tu sais quoi ? On a peut-être même un médicament pour t'aider à te soigner. Tu vas voir, en fait ça ressemble à un bonbon. C'est comme une boule quoi.

Ben osait à peine regarder ses deux agresseurs. Allaient-ils le faire ? On aurait dit que oui.

– Regarde Ben. Tu vois en fait c'est ça. Nos meilleurs amis ont déjà tous essayé. Ce n'est qu'une petite pilule de rien du tout mais, crois-moi, ça fait de l'effet. C'est pour ça que ça s'appelle un superman. Tu imagines, pour un type comme toi qui ne sais pas ce que c'est le plaisir. Enfin tu vas voir par toi-même… »

Le GSM de Ben sonna pour la quatrième fois. Dequenne en avait apparemment marre d'imiter la musique de *Mission Impossible* pour se moquer de Ben. Il se leva et balança le GSM dans les buissons. Il accomplit le geste en réalisant une figure d'une grâce exagérée, comme dans le jeu *Lethal Assault* lorsqu'un personnage lançait une grenade.

– Au revoir maman ! dit-il en rigolant.

Entre-temps, Ben s'était emparé de son arme.

11

La lutte fut très brève. C'était bien là le danger des jeux vidéos. Dans le monde virtuel, tout réussissait. Les adversaires périssaient en moins de deux secondes et il récoltait cinq cents points de bonus en prime. Ici, dans le monde réel, les événements prirent une tout autre tournure. Il avait à peine sorti son arme de sa poche qu'il commença à douter. Était-il vraiment capable de transpercer la peau, le cartilage, la chair et les organes vitaux de son ennemi avec son pic ? Cette seconde d'hésitation lui fut fatale. Il se retrouva allongé sur le banc en moins de temps qu'il ne faut pour le dire, la *DeathCross* pointée sur la gorge.

– OK, le Martien. C'est toi qui l'auras voulu. Allez, dis quelque chose. Répète après moi, Ben : « Je ne suis rien qu'un benêt. »

Quatre mains l'immobilisaient. Deux corps sur son corps malingre. Une pointe sur le larynx.

– Je ne suis rien. Allez, dis-le… qu'un benêt !

Lorsque sa bouche finit par s'ouvrir pour émettre un hurlement qui paralyserait d'effroi toute la ville, ils plantèrent un doigt dans sa gorge et y enfoncèrent une petite pilule rouge brillante sur laquelle était dessiné un *smiley*.

– *Smile baby !* Tiens, bois un peu de Coca Light.

Ben n'avait même pas senti la pilule passer. Ensuite, ils étaient repartis aussi vite qu'ils étaient venus.

– Si t'en veux encore, t'as qu'à demander. La première est gratuite. Pour les bons copains, avaient-ils ajouté en riant.

Ben se releva. Il avait une furieuse envie de vomir. Il se mit à la recherche de son GSM. Il s'enfonçait de plus en plus dans les fourrés lorsqu'une Ford Fiesta surgit dans l'allée du parc. Il y avait à son bord un petit garçon qui pleurait, un chien qui hurlait à la mort et une femme dont la détermination se lisait sur le visage.

C'est alors que la drogue se mit à agir. Ben avait déjà expérimenté les montées et les descentes des multiples antidépresseurs qu'ils avaient essayés sur lui mais ceci était différent. Une sentiment de légèreté bizarre s'empara de lui. Tous ses sens étaient en alerte, il éprouvait une envie irrésistible d'assouvir ses désirs. Une envie d'entendre, de voir, de goûter, de sentir, oui, même de prendre quelque chose, quelqu'un, de caresser… d'embrasser… de faire l'amour, de baiser. Cette sensation était nouvelle. Ben avait toujours visionné des images pornographiques mais plus avec le regard d'un biologiste qu'avec celui d'un homme, plus comme un collectionneur que comme un obsédé. Les plus gros seins. Les positions les plus insolites. Les combinaisons les plus sales.

Pour la première fois dans sa vie, il ressentait une véritable excitation. *Hot, horny*[7], chaud, torride étaient des termes qu'il voyait tous les jours mais qui n'avaient jamais vraiment stimulé son imagination jusqu'à aujourd'hui.

Maintenant oui. Il voulait Barbie. Pas la poupée. Pas la copine virtuelle mais la vraie fille, son corps. Il voulait la toucher, la sentir, la goûter. Il voulait se perdre dans ses cheveux. Il voulait lécher sa peau. Il voulait poser sa peau contre la sienne, doucement. Et il voulait sentir son sexe glisser dans le sien.

Soudain elle apparut devant lui. La princesse blanche ! Il l'embrassa dans le cou. Il déboutonna son chemisier. Il mordit tendrement ses seins nobles. Ils étaient si fermes qu'on aurait dit qu'ils étaient soutenus par un wonderbra à l'intérieur. Ses mains glissaient lentement vers son bas-ventre et il effleurait ses tétons de son souffle…

Puis vinrent les rires. Inextinguibles. Il entendait son propre rire comme si c'était celui de quelqu'un d'autre. Et il entendait sa voix.

7. Brûlant, bandant.

Elle était tellement forte qu'il sursauta. Il se mit alors à rire de plus belle :

– L'Idiot et Stitch, Machodius et Ratzo. Ah ah ! Les enculés les plus cool du monde ! Thank you ! Merci. Lèche ma bite ! ! Merci à toi ! Ah ah, enfin ! Enfin libre… et heureux ! ! Ah ah ! Libre et joyeux !

Il offrait le spectacle étrange aux passants d'un garçon grand et mince comme une perche, tout de noir vêtu, légèrement penché au milieu des rhododendrons, les yeux fermés et en train de rire à gorge déployée. Un rire qui n'en était pas un. Cela ressemblait plus au rugissement d'une bête. Il jurait comme un troupier puis il frictionnait tout son corps avec ses longues mains qu'il jetait ensuite devant lui en suppliant, comme s'il voyait un fantôme.

12

Il avait dormi un certain temps à côté d'un jeune à l'institut. Celui-ci se réveillait d'effroi tous les matins et hurlait parce qu'il y avait une jambe dans son lit. Tous les matins, il fallait essayer de le convaincre que c'était sa jambe.

Ben se sentait dans le même état ce matin-là. Il y avait un corps dans son lit et quelque chose lui disait que c'était probablement le sien. Mais c'était un corps avec lequel il ne voulait plus rien avoir à faire. Il l'aurait bien flanqué hors du lit à grands coups de pied. Il l'aurait bien flanqué hors de cette chambre. Hors de cette planète.

Pouvoir se répudier, s'annuler. Ce n'était rien de perdre la guerre. L'important c'était d'avoir livré la bataille. Il avait entendu sa voix répéter inlassablement les paroles suivantes tout un temps : « Moi Ben, je ne suis pas… je suis Ben… pas un benêt, Ben est… pas rien qu'une peine… rien que Ben, un benêt… Ben est… pas rien… »

La lumière du soleil, curieuse et rusée, se glissa le long des tentures et déchira l'obscurité de la chambre pour se rendre compte des dégâts. La ville miniature était en ruines. Comme si un tapis de bombes s'était abattu sur elle. Les avions, les fusées et les pistes d'atterrissage. Tout était détruit. Comme si un tir de précision les avait abattus l'un après l'autre. Ni les trains, ni les voies de chemin de fer n'avaient survécu à l'attaque. La dévastation de ce petit monde était totale.

Ben examina l'ampleur des dégâts un bon bout de temps. Son corps était plus immobile qu'un cadavre. Au fond de lui-même, il était dans le même état que sa chambre. Brisé jusque dans les moindres recoins. Irréparable. Inutilisable. Bon à rien.

Il ne se souvenait même pas comment il était arrivé dans sa chambre. Il n'avait rien compté. Rien enregistré. Il ne se souvenait que d'une seule chose, très vague : l'extase. Un flash de lumière. Comme s'il avait appris à rire en une seule fois, grâce à une simple pilule, un bête smiley. Comme si subitement il avait été guéri. Une montée de bien-être qui lui avait enfin permis de sentir les choses, de parler, d'éprouver de la joie. Il ne se souvenait pas si cela avait duré longtemps. Par contre, il se rappelait avoir vu sa mère et son petit frère dans le parc. Il se rappelait les avoir serrés dans ses bras tous les deux pour la première fois de sa vie, pendant plusieurs minutes. Ils avaient pleuré de rire et de plaisir tandis que le chien dansait autour d'eux. Il avait même léché son chien, embrassé sa mère, serré son petit frère contre lui. Ensuite, il l'avait pris sur ses genoux dans la voiture. Il lui avait dit qu'il ne devait plus avoir peur. Plus jamais. Que son grand frère était guéri pour de bon parce qu'il avait trouvé un nouveau médicament, un remède miracle. Ils avaient éclaté de rire en même temps sur la banquette arrière. Du jamais vu.

Puis l'angoisse l'avait à nouveau attrapé par la peau des fesses, comme un enfant qui profite d'un moment d'inattention pour s'enfuir. Même le petit Mathias avait vu les yeux de son grand frère se rabattre, les volets se rabaisser.

Alors tout était très vite redevenu comme avant. En mille fois plus aigu et plus moche. Le rêve déjà fissuré avait volé en éclats. Comme le miroir de la salle de bains dans lequel il avait enfoncé son poing. Il y avait vu son visage et le reflet de son âme mais celle-ci n'avait en rien changé.

Il avait saigné. Le sang avait coulé sur le carrelage de la salle de bains. Il était passé par tous les états, du rire aux insultes, de la colère aux hurlements. Son père était rentré dans la pièce avec le visage d'un gardien qui apporte son dernier repas à un condamné le jour de l'exécution. Un masque tordu de compassion, un homme accablé par tant de pitié stérile.

Ils l'avaient reconduit dans sa chambre, comme avant, puis il avait mis la musique. À fond.

Les propos les plus orduriers, les insultes les plus abjectes étaient alors sortis de sa bouche comme des confettis. D'ailleurs, avant, cela lui prenait régulièrement : « *Motherfucker ! Motherfucker ! Motherfucker ! Bleeding asshole ! Motherfucking shit !*[8] » et, de ses pieds nus, il avait anéanti son univers miniature, sa cité de modèles réduits.

Son père avait repris Mathias chez lui. Ben et sa mère avaient attendu ensemble que le démon soit exorcisé, comme tant de fois auparavant. Puis le soleil s'était levé, paresseusement, et, avec le gazouillis des oiseaux, la folie s'en était allée.

Le démon s'était enfin calmé. Son corps affaibli était allongé dans le lit. Il n'avait même pas ôté ses vêtements noirs. Le démon était encore en vie. Cette fois il n'y avait plus de doute. Le moment était venu d'exécuter son plan. Plus que jamais. Le démon devait mourir. Il devait mourir…

---

8. Enculé de ta mère ! Enculé de ta mère ! Enculé de ta mère ! Maudit connard ! Enculé de merde !

13

Moins de cinquante-cinq pulsations par minute. Ben était complètement immobile depuis au moins deux heures. Seules ses pupilles et sa bouche bougeaient encore. La drogue qu'ils lui avaient fait avaler de force avait un effet dévastateur sur l'organisme. Son système nerveux était à moitié paralysé. Ses indicateurs physiologiques étaient dans le rouge depuis au moins dix heures. Son corps était une machine qui s'était emballée, un mécanisme que l'on avait forcé. Parfois, les dégâts causés par la drogue étaient à peine visibles. Souvent, les conséquences étaient considérables, même si les symptômes ne se manifestaient pas immédiatement. Un jour, il avait entendu un de ses camarades de classe décrire les effets de l'ecstasy et de drogues similaires : « La montée est vraiment géniale, tu planes à mort. Par contre, la descente, c'est l'enfer… »

Ce corps, étalé au milieu d'un champ de ruines, ressemblait à une épave. Il remarqua un bout de papier posé sur sa table de nuit et des lettres écrites en majuscules : JE SUIS À CÔTÉ. MAMAN.

– Moi aussi maman, marmonna-t-il, je suis à côté. À côté de la plaque. Et ça fait dix-sept ans.

Tels les survivants d'un cataclysme nucléaire, ils sortirent de leur refuge d'un pas hésitant, l'un après l'autre. Les souvenirs de la veille refirent surface, lents et mutilés. Ben se rendit compte qu'il avait perdu son GSM, donc le numéro de Barbie et les messages qu'elle lui avait envoyés. Sa ligne de vie était brisée.

Comme dans les films de vampires, lorsque des cadavres se redressent d'un seul coup dans leur cercueil, il se releva dans son lit.

DEMAIN TA PRINCESSE
DANS TA VILLE RAMÈNE SES NIBARDS
RDV 14 h 26 À LA GARE

Cette histoire était-elle donc vraie ? Tout ceci n'était donc pas le fruit de son imagination ! À quatorze heures trente, elle serait là ! Il réalisa soudain, comme une illumination dans une zone sinistrée. « *Fuck... fuck fuck fuck* ». Il tourna brusquement la tête. Son réveil, même situé au milieu du champ de bataille, indiquait l'heure exacte : 13 h 16. « *Shit. Shit shit shit. Fuck fuck fuck. Shit...* » Ben se rendit compte qu'il était à nouveau en train de jurer entre les dents mais il n'aurait plus été capable de réciter les rimes de son enfance, comme il l'avait fait tant de fois auparavant, après des heures d'apprentissage et de patience.

Quatre-vingt-quinze pulsations par minute. C'était à peine concevable ce qu'il allait devoir faire. Prendre un bus qu'il n'avait jamais pris. Celui de 13 h 55. Et par-dessus le marché, il n'était pas le seul à être au courant de sa venue. Ils avaient lu le SMS. Ces deux connards auraient-ils le culot de se déplacer aussi loin pour foutre la merde ?

En temps normal, il n'aurait jamais osé s'aventurer dehors sans quelques heures d'entraînement à *Lethal Assault*. Cette fois-ci pourtant, au lieu d'allumer son ordinateur après s'être levé comme d'habitude, il essaya de recharger ses forces. Comme ce redoutable guerrier qui devait tirer la princesse blanche des griffes de deux monstres dans un cachot humide à la fin de la partie.

Ce qui le fascinait dans ce jeu, c'est que c'était bien plus qu'un bête *shoot'em up*[9], un de ces jeux vidéos débiles dont le seul but est de tout détruire, de tabasser et de flinguer, d'être

9. Vient de l'anglais « Shoot them up », signifie littéralement : Abattez-les. Nom utilisé pour caractériser un jeu vidéo dans lequel le joueur doit détruire les ennemis qui défilent à l'aide d'armes de plus en plus puissantes au fur et à mesure qu'avance le jeu.

un Rambo sans cerveau. *Lethal Assault* était avant tout un jeu de stratégie. Il fallait réfléchir, anticiper les actions de l'ennemi et se défendre contre les attaques éventuelles. En somme, c'était un concentré de ce qu'il n'arrivait pas à faire dans la réalité. Spécialement aujourd'hui. Il avait une drôle d'impression, comme si sa tête était vide. Comme si ses jambes étaient faites de caoutchouc liquide. Comme si son abdomen avait été vidé suite à une intervention chirurgicale.

Il devait se concentrer mais le simple fait de respirer lui demandait habituellement un effort de concentration.

Cela faisait un bon bout de temps qu'il vivait de cette manière. Chaque fois qu'il devait placer un pied devant l'autre, qu'il devait porter une cuillère à sa bouche, il devait accomplir un effort mental, réaliser un acte de volonté.

So far so good[10]. Il avait lavé le sang qui s'était coagulé et il s'était habillé assez rapidement. Il prit soin de ne pas réveiller sa mère qui était quasiment tombée dans le coma après avoir veillé une nuit entière. Mathias était chez son père. Debout lui fit la fête. Il savait que c'était le week-end, que son maître était à la maison deux jours et qu'il allait donc faire de nombreuses sorties en laisse. C'était une thérapie salutaire. Autant pour le chien que pour

10. Jusqu'ici tout va bien.

Ben. Pour le chien, Ben était tout. Pour Ben, Debout était un chien mais il préférait la compagnie des chiens à celle des hommes.

Il laissa un petit mot sur la table crasseuse. Son message était bref, comme d'habitude : SUIS PARTI. PAS DE PANIQUE !

Il savait que le chien glapirait comme une écrevisse que l'on plonge dans l'eau bouillante lorsqu'il lui fermerait la porte devant le museau. Les chiens étaient assez proches des autistes de ce point de vue-là. Ou des semi-autistes. Ou quoi que Ben fût. Pour lui aussi, une simple promenade annulée pouvait se transformer en une catastrophe insurmontable.

Le diagnostic était très clair dans l'esprit de Ben. Lorsque son père oubliait de l'emmener chez le boulanger le dimanche matin, il hurlait et il pleurait à chaudes larmes. Comme Debout qui jappait jusqu'à ce que Ben revienne.

Il repoussa le chien à l'intérieur du corridor. Lorsqu'il commença à japper, Ben dut se retenir pour ne pas l'accompagner dans sa détresse. Qui était-il ? Était-il un être mi-homme mi-animal ?

Elle n'avait rien à voir avec son plan. Pourtant il fallait qu'il la voie. Pour la première fois et pour la dernière fois.

14

Treize réverbères à gauche. Traverser un passage pour piétons de huit bandes. Quinze réverbères à droite. Traverser un passage pour piétons de sept bandes. Seize réverbères à droite. Enfin, l'arrêt de bus.

13 h 55. Le bus était à l'heure. C'était bon. C'était sûr. Après, c'était l'incertitude. Surtout aujourd'hui.

Il savait qu'il la reconnaîtrait. Il la reconnaîtrait, même s'il n'avait jamais vu sa photo, même s'il ne savait pas à quoi elle ressemblait… Même s'ils ne connaissaient rien de leur vie mutuelle, même si elle n'existait pas. Il la sentirait, tel le chien qu'il était.

Mais elle ? Comment réagirait-elle ? Elle savait qu'il était grand et qu'il portait toujours une casquette de base-ball mais il ne lui avait jamais envoyé de photo par e-mail. Elle trouvait ce côté mystérieux excitant, lui avait-elle expliqué :

< Pour moi tu seras toujours un hit,
le minois de Keanu Reeves et le corps de Brad Pitt ! >

Il jeta un coup d'œil sur ses longs bras tout blancs qui pendaient hors de son t-shirt. Une vision d'horreur.

Pourtant, le fait qu'elle ne sache pas le reconnaître était son seul atout. Dans le bus, il avait d'abord élaboré une stratégie, comme dans *Lethal Assault*. Car, même s'il était peu probable que ses deux démons ne se déplacent jusqu'ici un samedi après-midi pour lui administrer un coup fatal, il ne pouvait pas prendre le risque d'être humilié sous les yeux de cette fille. Ils feraient tout échouer, comme ils l'avaient fait tant de fois auparavant.

Son avantage tactique était qu'ils connaissaient Barbie moins bien que lui. Ils n'avaient donc aucune cible dans leur champ de mire, du moins tant que Ben ne pointerait pas le bout de son nez. Le problème, c'est que, avec la perte de son GSM, toute communication était devenue temporairement impossible. C'était l'inconvénient de ces gadgets.

Sa stratégie devait être celle de la terre brûlée : être invisible. Surtout aux yeux de Urbain et Dequenne s'ils venaient à rôder dans le coin. Malheureusement, cela impliquait que Barbie ne pourrait pas le voir non plus. À peine s'approcherait-elle de Ben que les deux salauds auraient pu commencer à leur faire la fête. Il n'aurait plus été en sécurité nulle part. Quatre-vingt-quinze pulsations par minute. Il ne savait pas quelle serait sa réaction si les deux compères se mettaient à importuner Barbie.

Il sauta hors du bus un arrêt avant la place de la gare. Pour se rendre tout à fait méconnaissable, il retira sa casquette (non sans mal) et il mit les lunettes de soleil qu'il avait chapardées dans le sac de sa mère juste avant. Une imitation de Chanel. Il avait l'air ridicule mais cela n'avait aucune importance.

La gare était là, comme d'habitude, comme toutes les gares dans toutes les villes. Un endroit nivelé, une cicatrice dans la ville. Un lieu où rien ne pousse, où personne ne va sans avoir une raison bien précise. Un espace que tout le monde souhaite quitter le plus vite possible. Une masse de béton grise et grimaçante où règne un froid glacial qui transperce les vêtements même pendant les plus chaudes journées d'été. Il ne se sentait pas à l'aise dans les lieux où il y avait du monde, surtout sans son baladeur. Tous ces gens qui donnaient l'impression de savoir où ils allaient exactement… telle une colonie de fourmis…

Cela ressemblait drôlement à une mauvaise comédie française : une grande perche encombrante qui se faufilait le long des murs et qui se cachait maladroitement derrière des étals, des poubelles et des panneaux de renseignements.

Soudain, ce fut comme si quelqu'un avait cliqué sur un projecteur dans le ciel : elle était là ! Devant un kiosque à journaux. Au milieu des mannequins de *Feeling*, *Elle* et *Marie Claire*. Pourtant, aucune de ces parutions ne pouvait rivaliser avec son apparition.

Car c'était bien de cela qu'il s'agissait : une apparition ! Telle la Sainte Vierge à Lourdes. Cette fille, qui regardait paisiblement autour d'elle, à la recherche d'un monde auquel elle semblait ne pas appartenir, était le portrait-robot de toutes les représentations qu'il s'était faites d'elle. Il avait examiné la photo qu'elle lui avait envoyée par e-mail des journées entières mais cette image-ci était tellement différente, tellement plus belle. Comme si quelqu'un avait réalisé un hologramme à partir de ses rêves et l'avait projeté en 3D au milieu d'un hall de gare grisâtre. Elle était une publicité pour la vie, scintillante et flamboyante. Un phare que lui seul pouvait voir. Du coup, il s'était planqué dans la cabine du photomaton.

Un paquet de cigarettes surgit du sac à dos qui se trouvait entre les jambes de Barbie. La manière dont elle en alluma une trahit son impatience grandissante. Elle jeta un rapide coup d'œil sur son GSM qu'elle tenait en main avec désinvolture. Elle fit mine d'appeler et posa le téléphone sur son oreille tandis que ses yeux clairs scannaient le hall de la gare à travers leur subtil contour de mascara. Pourtant, elle lui avait promis qu'elle ne l'appellerait jamais. Sous aucun prétexte.

‹ Vivons notre amour sans mot ni parole
Pour que jamais la magie ne s'envole ›

Il avait surtout écrit cela parce qu'il était à peine capable d'exprimer quelque chose oralement. Encore moins quelque chose de sensé.

Elle fumait comme une actrice. Depuis son poste d'observation ridicule, à travers les tentures de la cabine, il suivait les gestes de son aimée. Sa main décrivait des petits cercles de fumée gracieux avec sa baguette magique, comme pour exorciser les alentours. Il écarquilla les yeux lorsqu'elle porta la cigarette à ses lèvres coquines et embrassa avec désinvolture le cône de fumée bleue qui sortait de ses lèvres retroussées. Il devait avoir la même tête que les indiens qui, lors de leur première rencontre avec Christophe Colomb, virent de la fumée sortir de la bouche d'un homme.

Cette situation l'étonna. Voir Barbie et se rendre compte qu'il était capable de ressentir quelque chose. Tout cela le rendait à la fois heureux et triste à mourir. Barbie ne pouvait plus le retenir maintenant. Il était allé beaucoup trop loin. Beaucoup trop loin d'elle aussi. Dix-sept mètres infranchissables les séparaient. Sans parler du reste.

15

Les femmes sont différentes des hommes. Lorsqu'elles ont pris une décision, elles l'exécutent. Elles ne commencent pas à tourner autour du pot, à tergiverser et à hésiter. Le pied en l'air, elle écrasa énergiquement sa cigarette contre la semelle de sa mule rouge vif. Ensuite elle tourna les talons. Sous les yeux effarés de Ben, elle repartit sans la moindre hésitation vers le quai d'où elle était probablement venue quelques minutes avant. Elle avait attendu assez longtemps.

– Monsieur, vous en avez encore pour longtemps ?

Une grand-mère accompagnée de son petit-fils pleurnicheur était bien décidée à le chasser de son refuge. Il fallait que le petit fasse une photo de toute urgence. À partir de ce moment-là, les événements se précipitèrent. Sans réfléchir, il gravit les marches de l'escalator quatre à quatre et monta machinalement dans le train que Barbie venait juste de prendre. Il ne prit même pas le temps de regarder dans quelle direction le train allait. Cent cinq pulsations par minute. Sans dire un mot, il s'assit juste en face d'elle.

La coutume veut que les jolies blondes ne prêtent pas attention de façon apparente à ce (et ceux) qui les entoure(nt). Barbie fit donc mine de ne pas remarquer sa présence et continua à regarder fixement par la fenêtre. Ben avait du mal à maîtriser sa respiration et il n'arrivait pas à cesser de se balancer sur son siège. Il hochait nerveusement la tête de gauche à droite parce qu'il voulait s'assurer que ses deux ennemis ne l'avaient pas suivi. Avec ses cheveux noirs en bataille, il avait l'air d'un rat apeuré.

Les portes se refermèrent dans un soupir qui lui rendit son souffle. Le train se mit en marche nonchalamment. La cadence reposante du train fit progressivement redescendre son pouls.

Le fait qu'elle n'ait pas encore daigné le regarder ne le dérangeait pas outre mesure. Son odeur lui suffisait. Il s'y glissa comme dans un bain de mousse. Il inhala son parfum comme elle inhalait la fumée, lorsqu'elle tirait sur sa cigarette : son odeur était celle d'une saison qui n'avait pas encore été inventée, sur un continent encore inexploré. Mais pourtant il pouvait la sentir à des kilomètres de la côte.

Sa nuque blanche s'étendait sous son regard telle une vallée imaginaire. Il rêvait d'y planter ses dents. Ou son drapeau. Le drapeau de sa libération, sa révolution.

Un homme peut regarder où il veut lorsqu'il porte des lunettes de soleil. Comme c'était le cas, il décida d'explorer en profondeur le paysage qui s'offrait à lui. Il commença par la colline luisante de ses épaules. Il descendit ensuite le long de la discrète vallée formée par le creux de ses seins ronds qui, déjà, disparaissait dans le t-shirt léger qu'elle portait ce jour-là. Des taches de rousseur éparses lui indiquaient le chemin.

La suite était tout aussi magique. Sa peau semblait être plus pure que de l'eau. Ses poignets plus doux qu'un vent du sud. Ses petites mains délicates jouaient ensemble comme deux chatons fatigués. Et lui. Il s'imaginait à quel point cela devait être agréable de sentir ses mains contre lui. De les sentir caresser sa nuque. Et descendre le long de son dos…

Ce flirt pour le moins platonique avec Barbie lui convenait tout à fait. Il se sentait bien, entouré de cette chaleur bienfaisante qu'elle dégageait. Au moins il ne la dérangeait pas, il n'était pas dans ses jambes, lui, l'épave désespérée et abandonnée qu'il était en fin de compte. C'était parfait. C'était suffisant.

« Avis aux voyageurs. Bienvenue à bord du train international à destination de Cologne et Aix-la-Chapelle. Dans quelques instants, nous arriverons à Bruxelles. Ce train s'arrête à Bruxelles-Sud, Bruxelles-Central, Bruxelles… » Il remarqua alors qu'elle s'était mise à parler en même temps que l'annonce. Était-elle en train de parler toute seule ou était-ce à lui qu'elle s'adressait ?

– Avis aux voyageurs, dit-elle à voix basse, comme si elle s'apprêtait à réciter un poème : Prendre le train, c'est un peu faire une trêve / Laisser son chagrin, n'emporter que sa valise à rêves / S'asseoir tranquillement près d'une fenêtre / Et se contenter d'être un inconnu / Dont le nom n' a aucune raison d'être. Très bien Zorro, dit-elle soudain à voix haute sans quitter des yeux le paysage. On dirait bien que le noir est ta couleur préférée. La seule chose qui cloche, ce sont tes lunettes ! C'est un modèle pour femmes, non ? Il est plutôt moche ce modèle.

Ben ressemblait à un personnage de dessin animé qui, après s'être ramassé un marteau de forgeron sur la tête, réfléchit encore une seconde, puis se brise en milles morceaux. En temps normal, il aurait déjà eu du mal à prononcer un mot, mais maintenant c'était le blocage absolu.

– Moi qui pensais que tu étais ponctuel, poursuivit-elle, calmement, comme s'ils se connaissaient depuis des années.

Ben ferma les yeux. Elle tourna alors la tête, très lentement, et elle sourit.

– Allez, retire ces lunettes ridicules !

Et, comme dans un rituel religieux, elle ôta délicatement de son nez l'imitation Chanel.

Elle sursauta lorsqu'elle aperçut le regard que celles-ci dissimulaient. C'était le regard d'un animal blessé qui supplie qu'on l'achève.

– Ouh là là, il y a quelque chose qui ne va pas mon vieux ?

Les balancements de Ben reprirent d'autant plus violemment. Il baissait tellement les yeux qu'on aurait dit qu'il voulait les planquer sous la banquette.

– Allez Zorro ! Mon gars, j'ai comme l'impression que ça ne va pas fort. Mais c'est justement pour ça que je suis venue. C'est ça l'émancipation. De nos jours, les princesses peuvent aussi sauver les héros, et non pas toujours l'inverse. Il y a longtemps que cela est toléré par la société.

Son sourire était irréel. Tel celui d'une fée sortie d'un conte. Cela ne faisait qu'empirer les choses.

Ben pensa à ce capitaine de navire qui avait expliqué un jour pourquoi les marins n'apprenaient pas à nager. Selon lui, lorsqu'ils passaient par-dessus bord, il était inutile de prolonger leur souffrance.

– Ce... n'est... rien, soupira-t-il. Je suis... vraiment content... d'avoir pu assister à ça... euh... enfin... de t'avoir rencontrée.

Pendant ce temps-là, le train s'était arrêté dans une ville qui avait l'air aussi dévasté et rabougri que lui. Ses yeux remontèrent lentement le long de ses mollets. Après avoir survolé ses cuisses, son ventre, ses seins et sa bouche, son regard effleura ses yeux. Ils étaient d'un bleu turquoise très intense.

– Tu ne dois pas faire attention à moi. Je n'ai pas de valise. Je n'ai pas de rêves. Je ne suis… rien.

Alors, comme si le sifflet du contrôleur l'avait tiré d'un rêve profond, il sortit du train à toute vitesse.

Tout se referma derrière lui avec la porte du train. Comme la trappe dans *Lethal Assault.* Sous la trappe se trouvait le donjon. Un lieu dont personne ne ressortait vivant. Tout ce qui lui restait de vie était dans ce train qu'il regardait partir. Il était prêt à faire un second voyage. Il était prêt à commettre un meurtre. Celui de sa personne.

16

Il avait lu dans un journal que le suicide était le meurtre le plus difficile à commettre pour un homme. Pourtant, ici, sur ce quai de gare, cela lui semblait la chose la plus facile au monde. Ce lieu présentait en effet de multiples avantages. Tout d'abord, il ne devait pas chercher la victime bien loin, elle était toute trouvée. Ensuite, il ne fallait pas avoir d'arme. Les trains qui entraient en gare à toute allure ressemblaient à de gigantesques balles. Des balles qui ne rateraient jamais leur cible, que rien ne ferait jamais dévier de leur funeste trajectoire. Les trains, ils avaient quelque chose de majestueux, quelque chose de dramatique, quelque chose d'inévitable. Ce n'était pas étonnant que tant de suicidaires choisissent finalement le rail. Il ne fallait s'occuper de rien. Le train faisait le travail. « Qu'est-ce qui a motivé son suicide ? Une locomotive ! »

Ben se surprenait lui-même. Comment pouvait-il rester aussi indifférent alors qu'il était en train de chercher l'endroit idéal pour faire son saut dans les ténèbres ? Son saut vers la rédemption. Il avait imaginé un nombre incalculable de scénarios. Avait élaboré un nombre incalculable de plans avant d'en mettre finalement un en œuvre. Aujourd'hui, tout cela semblait pourtant si évident. Si facile. Inéluctable. Inévitable. Il fallait que cela se passe maintenant. Avant qu'un nouvel assistant social ne l'attende à nouveau chez lui. Et un nouveau thérapeute et un psychiatre et une cure et un institut…

Il pensa à son chien, à Mathias, à sa mère, à son père et à sa nouvelle compagne… à Lebœuf, à Coppola, à Barbie… Ce n'était pas normal qu'il arrive à penser à tout cela si sereinement, surtout en ce moment. Il en avait marre de ne pas être normal.

Ben prit position à l'endroit qui lui semblait le plus approprié : tout à l'avant du quai. Le train qui arrivait semblait bien décidé à ne pas ralentir trop vite. C'était réglé. Serait-ce celui-là ? Ou le suivant ? Au moment où Ben s'apprêtait à faire un pas en arrière pour attendre en fin de compte le train suivant et prolonger sa vie dans ce bas monde de quelques minutes, il sentit quelque chose dans son dos. Deux mains le poussèrent alors en avant. En douceur d'abord. Puis il y eut ce coup de pied. Ce coup de pied phénoménal qui le propulsa en avant.

Ben fut d'abord frappé par un élan de douleur lorsque son nez se fracassa contre une traverse en béton. Il eut ensuite une montée d'adrénaline lorsqu'il sentit un déplacement d'air sur son visage. C'était le train qui passait en trombe à quelques centimètres de lui. Les freins de la machine se mirent à hurler et bloquèrent les roues qui vomirent des gerbes d'étincelles sur son visage. Le train s'immobilisa en vibrant et en mugissant sous les yeux étonnés de Ben. Si c'était cela l'au-delà, cela ressemblait étrangement à la gare de Bruxelles-Midi, voie douze. Non, en fait treize ! L'élan trop rapide et la violente bourrade ne l'avaient pas fait tomber sur les rails mais juste au-delà. La montre attachée à son poignet tremblant indiquait cent quarante-cinq pulsations par minute. C'était comme si cette vague d'adrénaline avait balayé toute la saleté qui s'était accumulée dans les veines de son cerveau ces derniers jours. Comme si cette saleté s'évacuait par son nez dans un superbe flot de sang rouge vif. Il vivait !

– Eh bien mon vieux ! Tu arrives en retard, tu sautes trop loin… Tu as vraiment des problèmes de timing.

La voix rigolarde venait de l'autre quai. Il releva lentement la tête. Il en avait assez des chaussures et des mollets qui se tenaient au-dessus de lui.

– Barbie ?

Les passagers qui avaient été bousculés par le freinage brutal avaient le nez écrasé contre la fenêtre pour ne pas rater le spectacle. Mais il n'y avait point de membres déchiquetés, seulement un garçon qui saignait du nez abondamment. Sur le quai, des gens s'approchaient également d'un pas hésitant.

– Allez Zorro. Remonte mon gars, lui dit-elle en ricanant. Tu vas devoir faire un tour de prestidigitation. Le train international Bruxelles-Amsterdam est annoncé sur cette voie dans moins de deux minutes et, si je ne m'abuse, je crois que tu préfères aussi le rater celui-là.

Ben toucha l'autre train, celui qu'il avait raté de peu, pour s'assurer qu'il était bien réel. Il traversa les rails en titubant. Barbie l'attendait de l'autre côté du quai. Elle lui tendait ses mains chaudes pour l'aider à monter. Sous le regard des spectateurs médusés, Ben se hissa sur le quai. Il sentit alors les lèvres douces de Barbie déposer un baiser sur son nez cassé. Il dut se pencher car elle était plus petite que lui. Elle attrapa son bras et lui demanda :

– Et alors ? Il paraît qu'on voit défiler toute sa vie avant de mourir ? Tu as vu quelque chose ?

Ben la regarda d'un air égaré. Sur l'escalator, leurs visages se rapprochèrent pour la première fois, elle était une marche au-dessus de lui.

– Mais qui ? Qui ? Qui… bredouilla-t-il.

Elle posa ses mains sur ses joues tendrement.

– Qui t'a donné un coup de pied ? C'est moi bien sûr, grand benêt, dit-elle en ricanant. Qui d'autre ?

17

– Je savais que tu étais sur le point de faire une grosse connerie, dit-elle sur un ton sérieux en sirotant un Orangina, la paille plantée dans le coin de sa bouche. Je le sentais venir. C'est pour ça que je suis venue. Et, à ce que je vois, il était moins une. Où est-ce que tu es allé pondre une idée aussi débile ? Vouloir te jeter sous un train ! Te suicider ! Vouloir cesser de vivre !

Jusqu'à présent, Ben l'avait toujours vue sourire mais maintenant, elle avait presque l'air fâchée.

– Le suicide, mec, c'est vraiment un truc de *losers* ! C'est vraiment trop facile, trop lâche ! Lâche ! Vis-à-vis de toi-même et vis-à-vis des autres à qui tu laisses la mouise et les morceaux de cadavre.

– Maintenant, j'ai vraiment l'impression que tout le monde serait content si je m'en allais, avait-il envie de dire mais il n'osa pas la regarder dans les yeux.

Il enfouit un peu plus son visage dans le mouchoir taché de sang et rempli de glaçons qu'il appuyait contre son nez.

Barbie continua à s'emporter :

– La mort est la plus grande des crapules. Et celui qui s'acoquine avec elle est un collaborateur, rien de plus. C'est comme ça que je vois les choses, Ben… Tu croyais peut-être que je ne connaissais pas encore ton vrai nom ? »

Ben osa à peine lever les yeux.

– Tu es complètement à côté de la plaque mon vieux ! Je sais que ça ne sert à rien de traiter de *loser* un *loser*, parce que c'est déjà ce qu'il pense de lui, mais essaye au moins de réfléchir à un moyen de gagner avant de t'avouer vaincu ! Fais preuve de créativité bon sang ! Au lieu de te jeter bêtement sous les roues du premier train venu.

Ben en avait déjà vu défiler de toutes les sortes. De toutes les tailles et de tous les poids. Tous ces éducateurs et ces psys, tous ces assistants asociaux, tous ces théra et tous ces peutes. Tous des gens sincères, tous des gens bien qui appliquent à la lettre ce qu'on leur a enseigné : « Si vous êtes face à un jeune, laissez-le raconter son histoire. Ne lui faites pas la morale et, surtout, évitez les discours du type 'tu sais, tout compte fait, la vie est quand même belle…' » Il avait passé des heures et des heures en compagnie de gens sympas qui le regardaient d'un air compréhensif et qui hochaient la tête en signe d'assentiment.

– Allez mon garçon, raconte-moi. Laisse-toi aller, Ben.

Toutes ces heures pourtant passées à se taire. Il avait peut-être besoin d'autre chose : de quelqu'un qui se fasse du souci pour lui sans grande théorie ni grande stratégie et qui lui donne un bon coup de fouet.

– Tu sais pourquoi ta cabriole débile pour rejoindre l'au-delà me révolte ? Je vais te raconter. Mon frère… il est mort du cancer l'année passée. Cancer du foie. Il a eu ça il y a trois ans. Comme cadeau d'anniversaire. Il s'est battu pendant deux ans. Deux ans de lutte, de prières, de cris et de pleurs pour ne pas mourir. Tous les soirs nous devions le prendre dans nos bras et le câliner pour qu'il arrive à s'endormir, dans son pyjama qui devenait de plus en plus large. Nous devions sans cesse lui répéter que ça allait aller, que tout irait bien. Après la prochaine chimiothérapie, après la prochaine opération… Jusqu'au jour où il s'est rendu compte que ce n'était qu'un mensonge pathétique. Il s'est mis à gémir de plus en plus, chaque nuit : « Je ne veux pas mourir ! Je ne veux pas mourir ! Je veux vivre ! » Il est mort en prononçant ces mots. Dans mes bras. Il y avait tant d'angoisse dans ses yeux que plus rien ne peut m'effrayer dans ce monde. Je cherche des solutions. La solution que je n'ai jamais pu trouver pour lui. Pendant trois ans, mon frère a supplié Dieu de le laisser vivre. Et toi tu voudrais te jeter sur les voies du chemin de fer, espèce d'imbécile ! Tout ça parce que tu es trop paresseux pour réfléchir à une éventuelle solution, pour concevoir quelque chose de plus ingénieux, de plus créatif. »

Ben avait toujours eu des réactions bizarres.

– Dieu sourit et choisit son heure, dit-il sur un ton rêveur. Toi aussi tu adores l'Orangina ?

18

Il passa à l'acte six jours plus tard.

Ce ne fut pas un enterrement mais une crémation. Selon Ben, une crémation c'était un peu comme une pendaison de crémaillère. Cette pensée l'avait toujours réconforté. La cérémonie n'eut donc pas lieu dans une église mais dans un funérarium.

Mathias était planté sur les genoux de sa mère, sa petite tête enfouie dans son chemisier. Il refusait de regarder ce drôle de pot dans lequel on allait mettre son frère. La photo de Ben était juste à côté. Ça sautait quand même aux yeux ! Un grand frère aussi grand que le sien ne pourrait jamais rentrer dans un pot aussi petit. Lorsqu'ils avaient parlé de crémation, il n'avait rien compris. Quel était le rapport avec de la crème glacée ?

Son père était assis au premier rang. D'un côté, une place vide le séparait de la mère de Ben, de l'autre côté se tenait sa nouvelle compagne. Elle regardait aussi l'urne d'un drôle d'air, comme si elle venait de gober un œuf pourri. À côté d'elle, il y avait le directeur de l'école. Il était plongé dans ses pensées, contrarié par ce qui serait le discours le plus difficile de sa carrière et aussi par son costume. Sa femme lui avait répété : « N'oublie pas qu'il y aura des journalistes. Ferme bien la veste de ton costume avant de commencer. Et fais attention que ta cravate soit bien mise. Pas comme la dernière fois, au Rotary. »

Le docteur Hmm regardait la pointe de ses chaussures avec un drôle d'air, comme si elles venaient de le foutre hors de son cabinet. Les professeurs étaient tous là. Soudés tels des vétérans qui auraient perdu une guerre ensemble. Ils se regardaient avec un air de chien battu et s'agrippaient maladroitement les uns aux autres. Ratatiné dans un coin, M. Lebœuf était en train de suinter sur une chaise trop petite pour sa grosse masse encombrante. Il frottait son front et son nez avec un mouchoir en papier et étalait autant de transpiration sur son visage que de larmes et de morve.

La classe de Ben était au grand complet. Et, chose étonnante, même Urbain et Dequenne étaient là. Ils étaient assis au dernier rang. Ils étaient plus silencieux et pâles que jamais, comme deux footballeurs qui viennent de recevoir un carton rouge et qui retournent aux vestiaires la queue entre les jambes, dépités mais moins désolés par leur faute que par les conséquences de leur actes.

Le directeur avait pris la parole et avait prié la famille de croire à toute sa sympathie.

Comme s'ils avaient des affinités avec le directeur.

– Le suicide est une maladie face à laquelle nous sommes parfois impuissants, avait-il déclaré. Parfois, ni les thérapies, ni les médicaments ne peuvent l'endiguer. Nous savions tous que Ben avait du mal. Même s'il avait fait un choix difficile pour lui-même, celui de ne pas être scolarisé dans l'enseignement spécial mais dans une école normale. Nous sommes peut-être en train de constater avec beaucoup de retard que son handicap, si je peux le qualifier de tel, était en fait plus sérieux que ce que nous pensions. Le problème, c'est que, en tant que professeur, en tant qu'établissement scolaire, en tant que camarade de classe, en tant que famille, nous sommes parfois impuissants face à un trouble tel que l'autisme. En effet, nous ne sommes jamais parvenus à établir le contact avec Ben… et nous n'aurons d'ailleurs plus jamais l'occasion de le faire.

Son titulaire de classe était le seul à savoir que Ben était autiste. Maintenant, ça faisait la une des journaux.

Content de s'être acquitté de cette tâche difficile avec diplomatie et sans lapsus, le directeur descendit de la tribune. Juste avant la marche funèbre, un petit gars s'avança vers la tribune. C'était Coppola.

– Dubuisson ? ? Est-ce que c'était prévu ? lui siffla le directeur à l'oreille.

La mère de Ben fit discrètement une pincette au petit Mathias qui était sur le point de pousser un petit rire d'excitation.

– Ben… dit Coppola.

Sa voix était à peine audible. Il faut reconnaître que le micro était trop haut pour lui et qu'il était trop nerveux pour l'ajuster à sa taille.

– Ben m'a demandé de vous lire une lettre… sa dernière lettre.

Une onde de choc silencieuse traversa l'auditoire. Personne n'était au courant de cette lettre d'adieu.

– C'est, c'est… une sorte de poème, bafouilla Coppola,… nous savons tous à quel point Ben aimait les rimes…

Au moins dans une guerre
Il y a un ennemi
Pour justifier devant une mère
La perte d'une vie

Mort de moi
Et par peur de l'autre
Qui dans mon malheur se vautre
Sans foi ni loi

Si différent de mes semblables
Innocents ou coupables
Ils donnent la vie ou la prennent
Moi je sors de l'arène

Il paraît qu'au moment de trépasser
Le mourant voit sa vie défiler
Dans mon cas, cela avait autant d'intérêt
Que regarder de l'herbe pousser
Voici toutefois un ou deux extraits
Qui ne manqueront pas de vous intéresser

À ce moment, Coppola regarda en l'air, non sans une certaine hésitation. Quelqu'un appuya sur un vidéoprojecteur. Un faisceau lumineux pourfendit la salle comme le canon laser dans *Lethal Assault* et s'immobilisa face à l'écran qui se trouvait au-dessus du calice contenant les cendres. La mise en scène était parfaite. Tout se passait exactement comme prévu. Parmi les personnes présentes, il y eut un moment de doute auquel les images mirent rapidement fin.

L'assemblée aperçut une salle de classe sur l'écran : c'était la classe de Ben. Deux garçons tiraient sur le pantalon de celui-ci tandis que tout le monde rigolait. La caméra fit alors un gros plan sur Ben. On pouvait lire la peur dans ses yeux. L'humiliation sur ses lèvres.

Jusqu'à présent, c'était un enterrement banal : douloureux et frustrant comme les autres. Mais maintenant la surprise était totale, l'esprit du défunt était revenu sur terre pour faire justice, pour récolter les fruits amers de son acte désespéré. La mère de Ben, qui n'avait jamais vraiment baissé les bras, sentit son corps se contracter jusque dans son utérus.

Coppola contemplait son œuvre avec satisfaction. C'était sans nul doute la première fois qu'un de ses films touchait un public aussi large. Vu les circonstances, il trouvait que ce n'était pas si mal filmé que ça. Même le son était de qualité acceptable. On entendait tout :

« – Dis, c'est vrai que les Martiens ont deux zobs ?

– *You want fuckie fuckie*, le Martien ? Ou *you want suckie suckie ?* »

Les deux principaux intéressés se retrouvèrent tout à coup confrontés à leur image. Ils devinrent livides sous le feu des regards qui se tournèrent un à un dans leur direction. C'était comme une avalanche de reproches.

Coppola se souvenait parfaitement de la scène. Il avait épargné à son drôle de camarade l'image avec le pantalon baissé. Dès que c'était devenu embarrassant, Coppola avait tourné sa caméra vers les spectateurs. Eux qui riaient. Eux qui chahutaient. Eux qui détournaient le regard parce qu'ils étaient gênés. Eux qui auraient bien voulu mettre fin à ce terrible spectacle mais qui ne disaient rien, ne faisaient rien. Eux qui étaient maintenant frappés par la main de Dieu. Il voyait cette mise en scène comme une petite vengeance personnelle. Ce n'était pas la première fois qu'il assistait à ce genre de situation et il en avait assez. Un jour, il avait lu que la caméra était l'arme la plus puissante au monde.

Les dernières images défilèrent au ralenti et en boucle. Coppola brisa le silence :

– C'est la dernière chose que Ben a écrite :

Si jamais je ne parle
Aujourd'hui mon silence hurle

Tendez l'oreille
Et entendez
Ma blessure se réveille
Écoutez :

Nul besoin de pleurer pour souffrir
Ni de parler pour avoir quelque chose à dire.

Dans la cabine d'éclairage située en hauteur dans le fond de la salle, une main éteignit le projecteur. C'est également dans ce local que se trouvait le lecteur de CD. Un grand jeune homme aux cheveux noirs souffla sur son doigt comme sur la fumée d'un canon de revolver. Il y avait également une petite demoiselle aux cheveux mi-longs. Elle était assise sur ses genoux. De sa main, il inséra ensuite son CD favori dans le lecteur et mit le volume à fond. Effet garanti.

– Honnêtement Ben », dit-elle. C'était quand même mieux comme plan, non ?

– Vachement, dit-il. Essaye encore de dire que je ne suis pas créatif quand je meurs !

Il appuya sur play avec son doigt, à nouveau comme si c'était un revolver. Le chaos dans la salle était absolu.

19

Une nouvelle vie. Lorsqu'il se laissa glisser dans l'eau de la piscine, il eut l'impression que c'était une sorte de liquide amniotique, comme s'il était en gestation dans le ventre de sa mère, prêt à naître une seconde fois. Une femme un peu plus âgée que lui et un peu potelée l'accompagnait. Elle lui disait :

– *Go ahead. He's ready now. You are ready now. Speak to him. Listen to him.* [11]

En effet, il était là. Tel un éclair qui vous aveugle par sa force, sa beauté et son harmonie. Il jaillit hors de l'eau comme une vague qui se détache de la mer. C'était le dauphin le plus impressionnant que Ben ait jamais eu l'occasion de voir. Il avait déjà vu ce genre d'acrobatie des milliers de fois sur cassette vidéo. Pourtant, il ne pouvait s'empêcher de cligner des yeux à chaque fois qu'il voyait ces sympathiques mammifères marins effectuer des figures si parfaites sous les yeux ébahis

11. Vas-y ! Il est prêt à présent. Tu es prêt maintenant. Parle-lui. Écoute-le.

du public. Pendant une seconde, le dauphin resta littéralement figé en l'air, au-dessus de l'eau, à quelques centimètres de la tête de Ben. Il sentit l'œil du dauphin chercher le sien. Et il le trouva ! Tout cela était-il donc vrai ? Ce qu'on racontait au sujet de cette thérapie et de ce garçon de huit ans : il n'avait prononcé ses premiers mots qu'après avoir nagé avec ces mystérieux docteurs du monde animal.

– *Don't be afraid. Go for it*[12], dit la dame.

– Vas-y mon chéri, n'aie pas peur ! dit sa mère.

Des larmes de joie et d'émotion coulaient sur son visage. Pour couronner le tout, elle avait été éclaboussée et ses vêtements étaient trempés.

– Ça fait si longtemps que tu attendais ce moment.

Il entendit le cri du dauphin résonner dans sa boîte crânienne. Chose étrange, Ben était en symbiose totale avec l'animal. Équipé de lunettes de plongée grotesques, il sentait et comprenait le moindre de ses mouvements, le moindre de ses regards. Il avait enfin découvert une langue où les mots ne servaient à rien, contrairement à celle des hommes.

Il avait toujours été comme ça. Ses yeux, ses oreilles et son corps lui avaient toujours permis de comprendre et de sentir les choses

12. N'aie crainte, Vas-y.

de manière égale. Un jour, il avait compris que les gens normaux communiquaient entre eux par des mots. Aujourd'hui, il avait à nouveau la preuve de ce qu'il avait toujours su au fond de lui-même : les mots n'étaient rien. Ne fut-ce que par leurs limites. Jamais ils ne pourraient exprimer la beauté de cette intelligence extraordinaire qui nageait avec lui.

Le dauphin s'approcha à nouveau de lui avec la délicatesse d'un brancardier qui vient à la rescousse d'un blessé grave. Cela était-il possible ? Que, de tous les thérapeutes, docteurs, professeurs et autres bonnes âmes qui avaient voulu son bien, cet animal soit sa seule véritable aide. Au moins, le dauphin ne voudrait jamais faire de lui une personne à tout prix. Une personne normale. Une personne parmi tant d'autres.

Lorsqu'il prit congé de son compagnon une demi-heure plus tard, Barbie était assise sur le bord de la piscine. Elle jouait dans l'eau avec ses petits pieds qui ressemblaient à deux bébés dauphins. Sous son nez en trompette, un sourire tendre illuminait son visage. Comme si elle ressentait dans sa poitrine l'ivresse du moment. Ses deux bras chocolats contrastaient joliment avec son top blanc. Ses longs cheveux blonds tombaient sur ses épaules, comme le murmure paisible d'une cascade. Elle était vraiment trop sensationnelle pour être vraie.

Elle était l'étoile qui avait apporté la lumière dans l'obscurité de son esprit. Le soleil autour duquel tournait son système.

Le plan de Barbie avait fonctionné à merveille. L'acte ultime qu'ils avaient mis en scène ensemble. Le faux enterrement qu'ils avaient organisé. Ils avaient eu bien du mal à convaincre la mère de Ben de participer à cette entreprise complètement déjantée. Quitter la scène sans mettre fin à ses jours. Un suicide sans suicidé.

Lorsque Coppola lui avait montré la vidéo et ce que son fils devait endurer quotidiennement, la rage l'avait envahie. Puis la tristesse. Elle s'était battue toute sa vie contre ces forces mystérieuses qui habitaient l'âme de son fils. Elle avait parcouru les méandres de son esprit un peu fou. Finalement, la seule explication était un terme dénué de sens, un syndrome : l'autisme. Pendant dix-sept ans, elle avait mené un combat de tous les jours pour amener son fils à la vie, pour l'amener dans le monde normal. Peut-être s'était-elle trompée de combat…

La vengeance ne servait à rien, elle le savait, mais quoi de plus normal en fin de compte que de confronter cette bande de salauds, de lâches aux conséquences de leurs actes ? Leur montrer à quel point il leur était facile de détruire une vie pour ce qui n'était sans doute qu'un jeu à leurs yeux.

Mathias, le père de Ben et Coppola étaient les seuls à être impliqués dans le complot. Ben avait élaboré son plan entièrement seul. Ou presque. Il avait reçu l'aide de cette demoiselle qu'il appelait Barbie. Ces derniers jours, elle était venue habiter chez eux full-time. Avec elle, Ben parlait. Plus qu'il ne l'avait jamais fait avec ses parents et son frère. Ils parlaient de tout ensemble, de cette nouvelle vie qui allait commencer, de ces dauphins qu'il aurait tant aimé voir. Il savait que les dauphins ne le guériraient pas mais au moins ils le comprendraient, lui avait-il dit. Le comprendre, tout simplement. Il ne voulait pas guérir.

C'était beau de les entendre chuchoter. En rimes. De l'entendre parler comme il ne l'avait jamais fait. C'était beau mais il y avait quelque chose d'étrange. Cette fille qui était à table sans qu'il faille prévoir une assiette supplémentaire. Qui prenait l'avion sans qu'il soit nécessaire de réserver un billet pour elle.

Comme ici par exemple, au bord de la piscine. Certains regardaient d'un air amusé, d'autres avaient l'air un peu gênés. La mère de Ben, elle, était infiniment touchée de voir parler son fils avec tant d'enthousiasme. De le voir s'entretenir depuis au moins cinq minutes avec un espace vide, un espace qu'il avait rempli lui-même. Avec quelqu'un qui apparemment le comblait.

Elle l'entendit dire d'une voix douce :

– Je n'ai jamais été heureux, mais je n'ai jamais été aussi heureux.